花战

はないくさ

〔日〕鬼塚忠 著

詹湘茹 译

南海出版公司

新经典文化股份有限公司
www.readinglife.com
出　品

序

各位是否耳闻过池坊之名呢?

池坊在十六世纪后期，创造出了新的“美感”。

插花并不仅仅是插出绽放的美丽花草来欣赏，还需要将花草于野山水边生长的自然之姿呈现于花器之上，并让观者感受到花草的“生命背景”。

虽过去五百五十多年，池坊之美的哲学却不曾改变，子子孙孙绵延继承，最终成就了称为“花道”的花之道。池坊的花道并不局限于日本，更展翅飞翔至广大的世界。

池坊创作出的美之形态，可在“立花”中窥见其奥秘。立花独特的美丽律仪中蕴藏着所有的意义。花与花器的水面相接之处称为“水际”，其特征之一为垂直立伸。而立花中心有一条笔直伸向天际的无形的“正中线”，此线仿若由水际相连起天与地，并且绝不歪斜。

由正中线向前后左右各个方向伸出的枝条称为“七九道具”。名曰“道具”，是因为这些枝条与锯子或剪刀一样都具有“使用目的”，也就是说，立花所有的枝条都“扮演着某种角色”。如此，各个枝条十分默契地相互补合映衬，构成了绝妙的均衡。

我们形容立花的构成时，会用“右长左短古今远近”这句话，描述的是“右边的枝条若长，则左边的枝条须短”“古与新”“远景与近景”等将各项要素整然调和的思维。其中“古今”一词更是特别，其意并不仅单纯指古与新，也叙说了花蕾、满开的花以及枯朽凋零的叶片等生命的推移与时间的流逝。立花不单是造形之物，其神圣的氛围更让人感到司掌世间森罗万象的神之存在。

提到立花诞生的背景，就必须说到作为花道发祥地以及池坊根据地的六角堂（紫云山顶法寺）。六角堂由圣德太子建于五八七年，和佛教一起传入日本的“佛前供花”，则借由六角堂的僧侣之手发展得更臻极致。

在佛教东传以前，日本人相信松树与桧木等常绿树栖宿着神灵。曾为农耕民族的日本人怀抱着敬畏自然之心与自然共生。祭礼中神灵凭依的常绿树与供佛的“佛前供花”融合，诞生了呈奉神佛的“立て花”(Tatehana)。随着室町时代建筑样式的改变，开始出现了摆饰挂轴与作为中国舶来品的空间“床之间”（日式传统房间中的壁龛）的原型，而“佛前供花”更以客厅装饰之姿被摆饰在房中，招待宾客的“立て花”则逐渐发展为“立花”。

观察当时作品的绘图，许多作品皆使用松木。寒冬中也长葆青翠的松被称为“常盘之松”，直至今天也被插花爱好者视为憧憬的花材，虽经过五百五十多年，依然魅力不减。

立花大成之时正值日本的战国。连年的战乱与饥荒瘟疫夺走了许多人的性命。活在这样无常的世间，人们思考着人为何而生，又为何而死，并向神佛请求救赎。人们看到耐着雨露风雪展现生命力的植物，为这般毫无虚伪的真实之美所激励，心灵获得聊慰，并对明天怀抱希望。本书的主角——二十一世池坊专好便是在这样艰难的时代中，借着插花带给人们活下去的力量与希望。

由池坊家代代担任住持的六角堂是百姓聚集的“町堂”。京都夏季祇园祭最热闹的山鉾[1]巡行，在过去很长一段时间里，便是在六角堂抽签决定各山鉾巡行顺序。另外根据记录，在发生饥荒灾害时，六角堂门前也曾多次搭棚赈灾，拯救了

① 日本一种祭神用的彩车。

许多百姓的性命。

虽身处混沌的时代，京都人的生活还是得继续下去。眼前不禁浮现出大批百姓聚集到六角堂，看着池坊专好在本堂供上的立花感叹的光景。小说中描绘的十一屋吉右卫门与京都百姓观看的池坊专好的花，究竟是何模样呢？如果可以，真想搭乘时光机回到过去，好好看一看专好的花。

当战乱平息下来之后，战国的大名[①]们纷纷委托池坊在客厅插饰立花，而池坊也在各大名的宅邸中插花。继承初代池坊专好的二代池坊专好，就曾担任后水尾天皇主办花会的指导者，真正成为花之名家。

立花集大成后二百年，诞生了最简约深奥的“生花”花形。十九世纪后叶，出现了不具固定形态、可以自由发挥进行插作的“自由花”花形。随着人们生活与思想的变化，池坊的花也时时顺应变迁。

然而，先人的池坊哲学却是历久弥新。

不仅是欣赏满开的花，花蕾与朽花破叶中也有同等的生命，只要有“活着的生命”，即是美好。

池坊华道会事业部部长　德持拓也

① 日本古时封建制度下对领主的称呼。

第一章

天空就是不放晴。

厚厚的云层笼罩天空好几天了，这个春天都不见云开的一日，山里的樱花也无情地早早凋谢，让一直焦急等待春天的人们大失所望。

无尽的战乱之世，期待落空的春天。让人舒心的季节到底何时才到来？在天空和人心都无比阴郁之时，时节就这样突然进入梅雨季，一天天的心情更是跌落到谷底。

时值天正十年（1582）五月。得势的织田信长势如破竹，将取得天下。

前年，信长动员所有织田家的有力家臣，在上京皇宫大内东边进行了“京都御马揃阅兵仪式”。很显然这是为了凸显势力的行动，象征着信长“天下布武”的气焰，那勇猛俊逸的阅兵队伍获得了京都百姓的欢迎。阅兵之际，当时的正亲町天皇也受邀前来，所以这场阅兵在天皇、贵族以至民间百姓的心中，都深深地烙下了信长将逐渐获取天下的印象。

这时，羽柴秀吉奉织田信长之令攻取备中高松城，平定中国地区[①]。

守城的是毛利军的清水宗治。相对于秀吉的三万大军，清水军只有三千人。虽然秀吉军以压倒性的兵力包围了城郭，但位于潮湿的草原地带的高松城是当时难得的沼城，军队不易攻入。善战的宗治不出城外一步，坚守城垒对抗，已持续一个月了。

这天一早，云层笼罩天空，一点风都没有。

“真是棘手难攻啊。”秀吉喃喃自语。

离备中高松城一公里远的高台上，搭了一座三十尺高的竹橹楼，秀吉就站在这楼顶，眺望眼下的高松城和四周。

此时，备中高松城就像一座浮在湖中的小岛一样。

秀吉厌烦了久战而选择水攻，在城郭周围筑起前所未见

① 位于日本本州岛最西部，包含现今的鸟取县、岛根县、冈山县、广岛县、山口县五个县。

的大堤，并将水灌进堤内。机智的秀吉知道如何巧妙地操控人心，他给当地的士卒和农民高额的报酬，仅仅十二天就抢建出南北长一里、高二十六尺的长堤。

时值梅雨季，连日的降雨，使高松城渐渐淹没在水中。清水宗治在断粮又没有援军的情形下，只能继续被围困城中。

身为攻取中国地区总将的秀吉，竟脱去甲胄换上草鞋，心神不定地摇着绘有家纹的深蓝色扇子，靠在橹楼的桌子上，托着下巴，痴痴望着毫无变化的战况。

“真是的，战况和天气都不明朗，让人难以忍受呀。”

秀吉的手指不耐烦地敲着桌子。

到了下午，黑云蔽空，突然下起了微温的雨，也吹起了风。兵士们为了不让枪支大炮淋湿，慌忙行动起来。对这屡攻不破的城垒，秀吉的愤恨达到了最高点。

“宗治这可恶的家伙。”

秀吉边怒号边对着前线士兵大喊：

“都在干些什么！”

家臣们虽一心想取悦大将，但除了报告毫无进展的战况之外，也无计可施。

其实秀吉这样的态度都是在演戏。

发怒之后，秀吉转过头来吩咐侍从："拿纸笔过来。"

随即便坐下开始写信，向信长讨援军。

这个男人是个老狐狸。

到目前为止，秀吉连战连胜，这次要赢，也几乎是手到擒来。但如果照样毫无阻碍地打胜仗，那就没有意思了。

故意向信长讨救兵，目的是将这次胜利的原因归功于信长，这样信长的心情也会大好。秀吉十分擅长搔到人的痒处。

信长也十分中意这样的秀吉，对他来说，秀吉对自己没有威胁之心，有谋略又善解人意，并且能直率地表达感情，又会拿捏分寸，拥有出色的平衡感。

数日之后，信长的回信送到了，秀吉兴奋地马上展信阅读，信上写着"将派援军"。而信长给中国地区送来的援军正是重臣明智光秀。

"哦，是明智大人啊……"

秀吉摸着自己寒酸的胡子说道。

明智光秀跟着信长东征西讨，终于获得了信长赐予的被称为"京都玄关"的近江丹波的领地。这是受信长信赖的证明。而光秀为人大气、做事机灵，也深受周围之人的称赞。

但是，光秀十分厌恶常常被拿来和秀吉做比较。自己好歹也是武家出身，自幼培养的深厚教养是秀吉远远不及的。光秀姿容俊秀，在文化艺术方面的造诣也深，但他因为教养良好而过度自信的态度反而招致信长的反感。信长不太喜欢光秀太过优雅的举止。

“信长大人为什么厌恶我，反而中意那毫无学识又丑陋的秀吉?！”

光秀好几次向亲信埋怨，透露出累积已久的不平。

听毕秀吉寻求援兵的要求，信长却派出了光秀。

光秀从五月十五日起就待在安土城，当时城中正设宴款待征讨宿敌武田氏有功的德川家康，而光秀正是负责宴中的接待。但是到了十七日，他突然被解除了招待之职，编入秀吉的旗下，接令出阵。

光秀愤然握拳。

“为什么我会变成那只猴子的属下！”

光秀像决堤一样开始暴走。他在织田军中与其说是以武力决定胜负的武将派，倒不如说是属于稳健的智将派，所以很多时候都对信长严厉的指挥困惑不解。应该与信长朝着天下布武之梦前进的光秀，却因为日积月累的不满，以意想不到的形式爆发了。

“岂能吞下这样的屈辱。”

万万没想到，秀吉设下的计略反而事与愿违。

六月一日傍晚，光秀从丹波龟山城出发，率领一万三千人的军队，朝着与备中相反方向的京都前进。

“敌人在本能寺！”

军队经过丹波的山岭到达桂川，一口气涌进京都。

信长因为准备征讨中国地区，从五月二十九日起就仅仅带领着百名士兵逗留在京都本能寺。六月一日这天召集贵族与豪商，举行了盛大的茶会，并展示许多名品与茶器。酒宴后就寝时已是深夜了。

当天空开始泛白，信长在一片兵荒马乱的气氛中醒来时，本能寺已被明智军团团围困。寡不敌众之下，他放火烧毁本能寺，并在寺房中自尽。

明智光秀上演的这场前所未闻的谋反剧打碎了信长天下布武的梦想。

翌日六月三日，半夜探子来报秀吉。一男子趁着雨雾笼罩的暗夜，试图躲过秀吉军的包围网，朝高松城潜近，但被秀吉军的士兵发现，捉了起来。

此人是明智光秀向清水宗治派出的密使。他随身携带的书信被秀吉的心腹石田三成带到了秀吉跟前。

被叫醒的秀吉敞着衣服，揉着睡眼，很不高兴地说：

“究竟何事，三成？枉费我做了个好梦，可能是什么好兆头。何事来报？”

“大人……我们抓到了一个要潜入城里的人，他身上带着这个。”

“什么？是封信。写着什么，念来听听。”

秀吉挖着耳朵，催促三成读信。但是三成却支支吾吾：“不过，这……这个，有些……”

“啊啊，知道了知道了，快拿来我看。”

秀吉边转着脖子边伸出手，三成见状，将书信递上。

秀吉慢慢读起信来。

从昨晚开始下起的大雨越发激烈地敲打着屋瓦。秀吉喃喃说了什么，因为雨声，三成没有听清。

只见秀吉两手捧着书信，从左往右摊开，读着读着，脸色大变，肩头微微颤动，面色沉痛。读过一回，双膝下跪，就着这姿势再读了一回，其间嘴边不知念着什么，三成也听不清。三成朝后退出房间，静静关上了拉门。

“啊哇哇哇……怎么……信长大人……怎么……”

秀吉连话都说不清，走到房间中央，停住脚步，盯着天花板，两眼流下大颗的泪珠。

“怎么会这样……信长大人……”

秀吉双膝一跪，仰面往后一倒。雨下得更大了。秀吉就这样哭到了天明。

信长大人即将取得天下，在结束征讨中国地区，太平之世来临后，自己要致力经商，在商人之城堺市做生意，支持和帮助信长大人。这些想法不知怎的掠过秀吉的脑海。

自从被叫作“猴子”的那天起，自己无时无刻不在激烈的战争中赌命，但是信长大人已经不在了。秀吉一想到这里，又泪流满面。

他慢慢回想，试着整理眼前的情况。

这封信是传达明智光秀在京都本能寺谋逆信长之事的密件。倘若这封信送到清水宗治的手里，清水军一定会重新燃起希望。而且信中还提到光秀想拉拢以清水宗治为首、现在与秀吉敌对的毛利军到己方阵营之事。

这一定是清水宗治的阴谋，但是信上光秀的花押却像是真的。

雨还不断下着，东边的天空却慢慢亮起来，已是黎明时分。秀吉的房间里已听不到啜泣声。

因为秀吉的样子十分不寻常，细心的三成害怕万一他有什么不好的念头，所以整晚都守在房外。

准备膳食的侍从端来了早膳，三成担心秀吉的情况，便代替侍从送上早膳。

“大人，早膳准备好了。我能进去吗，大人……”

没有回答。三成觉得奇怪，便索性拉开了门。

秀吉无力地蹲在房间一角。

“大人……”

打心底敬爱的信长大人已死，秀吉当然会失去冷静。三成这么想着，便将早膳放下，正要退出房间时——

“三成……”

秀吉发出细微得几乎要消失殆尽的声音。三成转头走到秀吉面前，跪了下来。

“是，三成在此。”

“三成，马上传黑田官兵卫。”

“遵命。”

“和议。”

“是……您说什么？”

“我们要和议。”

这时，秀吉的眼中已经恢复了生气。三成知道他正压抑着可怕的怒火，并已在心中下了一个决定。秀吉眼底含着一股让人预感火山即将爆发的惊人力量。

这天夜里，黑田官兵卫、石田三成以及清水宗治的使者议定了条件，和议成立。为了救备中高松城内所有兵士的性命，城主清水宗治须依约切腹自尽。

第二天一早就下起了小雨。拜此长雨所赐，水攻奏效，但是秀吉却一直苦着脸仰头望天。

这天秀吉身穿朱红色甲胄，站在为了水攻而筑的橹楼上。来到最前线，再次感到水攻的可怕。想到士兵们身处水上孤岛般的高松城中是何等不安，虽身为敌军，也不禁生起同情之心。

将近正午，到了约定时间，从高松城划出一艘船。清水宗治身穿白衣端坐船头。这位在长期残酷的水攻中绝不屈降、勇猛奋战的猛将，此时的表情看起来如释重负。

“虽是敌人，但令人钦佩，是位忠义之士。”

秀吉在自己的阵营中大声称赞宗治。

正午时分，宗治在船上自尽了。此举救了三千多名兵士的性命，他的死是极有价值的。

就这样，两个多月的攻城战到此结束。秀吉的家臣们都露出安心之色高声欢呼，人声嘈杂，嚷作一团。

但此时，秀吉间不容发地大声说道：

“马上返京，为信长大人报仇。我们要比谁都先打倒明智光秀！”

许多士兵还不知道信长去世的消息，闻言一片哑然，在匆忙中整装出发。

雨下个不停，军队将狭小的道路挤得水泄不通，以猛烈的速度前进。前面的马溅起淤泥，淋了秀吉一身。想起遇到信长，被叫作“猴子”，为实现信长的理想全力奋战的日子，秀吉的眼泪忍不住又落了下来。

“明智光秀，我绝饶不了你！”

秀吉像疾风般马不停蹄地奔驰在前往京都的道路上。

清水宗治切腹后仅仅过了九天，秀吉和光秀就在摄津国与山城国中间的山崎天王山展开了对峙。秀吉军有“为主君报仇”的大义名分，世间之人也不原谅光秀的谋反。光秀依赖的细川藤孝保持中立，而筒井顺庆与高山右近则倒向秀吉的阵营。结果，秀吉兵力高达四万，形势大大倾向秀吉一方。

从备中一口气快马加鞭返回京都，秀吉回营后异常冷静，将时时传进的周边状况、敌情与友军的动向都默默记在脑中。

“听好了，这场战役是为了追悼死去的信长大人，说什么都要打倒明智光秀。”

“哦哦！”兵士们高喊着回应。

“信长大人！请您，请您给予我们力量！”

秀吉的呐喊声回荡在战场上。

秀吉在天王山中麓的宝积寺扎营，而光秀则设营于御坊冢，互相对峙到天明。

六月十三日，一早就下起了雨。天王山云雾笼罩，视线不清。

山间铺天盖地的军队蠢蠢欲动，持续着一进一退的攻防态势。

“这只猴子得意忘形。你们这些人都在做什么！不过是老百姓组成的军队，还不快给我打！”

明智光秀面露急色。在中国地区打仗的秀吉居然长途跋涉，带兵出现在眼前，顷刻间就实实地打了上来。

傍晚，光秀一方终于败下阵来。秀吉军偷偷渡过两军中间的圆明寺川，发起了奇袭。光秀军一下就乱了阵脚，在混乱中节节败退。

“啊啊，可恨的猴子！撤退，先撤退！”

明智光秀朝琵琶湖西南自己的居城坂本城败走而去。

传令兵来到了秀吉扎营的宝积寺。

“报！明智光秀败逃，正在追击。”

“大人，我方胜券在握。”

一旁的石田三成平日虽有着超越年纪的沉稳，今天却难得地高声说道。

“不，还没有。没见到光秀的头就称不上是胜仗，蠢笨的家伙。”

秀吉站了起来，脚用力地踩向地面，说：

“听好了，无论如何都要杀了光秀，跟着光秀的人也一个不饶。”

“是！”

三成慌忙奔出，在雨中展开追击。

第二章

信长死后过了一个月，天正十年七月。

从春天持续至此时的恶劣天气不可思议地放晴，不饶人的阳光直射着京都。京都盆地四周都是山，夏天闷热得让人无法忍受。灼热的阳光照在身上，皮肤感到阵阵刺痛，仿佛在宣告夏天的来临。

从应仁之乱开始，京都接连被卷进武将的争夺，城市的荒废范围不断扩大，到处是烧毁的残迹，失去家园的人聚在河畔生活，眼前一片荒芜。在这样的情形下，人们怎么会知道上个月发生了决定天下大势的大战呢？

百姓们的生活虽然伤痕累累，也要继续下去，他们并没有失去对明天的希望。其中，成为京都复兴原动力的是一群被叫作“町众”的商人。

十一屋吉右卫门在下京三条室町经营杂货店，是那一带商人的头领和三条室町的脸面，深受民众信赖。他有情义又性格温和，但因为太耿直，常常和奉行[1]起冲突，却绝不是为了一己私利。他常说自己只是看不惯没有道理的事。

“管他什么奉行武家，我们背后有六角大人呢。”

吉右卫门一直都是这样，说话如连珠炮般爽快。

世间正值战国。室町幕府消亡，在京都生活的人任谁都感到世上越发混沌，不论是武家还是朝廷，都没有办法依靠。

百姓将对明天的希望寄托在了一家寺院上。这寺院就是从天皇居住的皇宫往正南走一公里处的“六角堂”。

此寺正式的名称为“紫云山顶法寺”，京都百姓都充满感情地称其为“六角大人”。寺院位于京都的中心点，也被称作“京都的肚脐”。

六角堂也是东西走向的六角小路名称的由来，而六角堂的山门就正对着此路。穿过山门，鲜绿的柳枝与龙柏映入眼帘。再往里去就是六角形的本堂，人来人往十分热闹。寺中有池塘，池中开着睡莲，池塘四周的菖蒲正等待着绽放。寺院虽位于热闹的下京一带，却隔绝尘嚣。

① 日本平安时代至江户时代的官职，负责行政事务。

相传圣德太子为寻求四天王寺的建材来到山城国，正好见一泉池可沐浴，便将携带的佛像取下放在一旁，浴后要拿起时却发现佛像无法移动。当天夜里，太子梦见有人让他将佛像供奉于此，因而建立了六角堂。本堂正如其名，呈六角形，祀奉着本尊如意轮观世音菩萨。因为对圣德太子和观音菩萨的信仰，许多商人、农民、武士、贵族都前来六角堂祈愿参拜。六角堂也是西国三十三所观音巡礼灵场[①]的第十八家寺院，每天香客络绎不绝。众所周知，信仰圣德太子的亲鸾圣人也在前往六角堂参拜百日之后，开创了后来的净土真宗。

吉右卫门每天都到六角堂，向观音祈祷家中平安与生意兴隆。

关于六角堂，有几个传说。

其中之一是桓武天皇在兴建平安京时，计划修筑一条东西向的道路，却被六角堂所阻。天皇为此十分困扰，但一夜之间，本堂竟自己移动了，使道路如期建成。另一个是正在寻觅皇后的嵯峨天皇梦到六角堂的如意轮观音，告知他要寻找的人在六角堂的柳树下，翌日早晨果真在六角堂柳下觅得一绝世佳人，迎为皇后。这些都是喜好八卦的京都民众喜欢

① 指日本三十三所让信徒巡回参拜的观音寺院。

的传说，但是只有传说，并不足以让六角堂如此受人欢迎。

吉右卫门说道：“六角大人寺里一直供着漂亮的花，这样的花在其他寺院是看不到的。”

这样想的并不是只有吉右卫门。身居政治文化中心的京都人，从那时起就有极高的美学素养，对美丽稀有的东西十分感兴趣，这些话题在大人与小孩之间都流传甚广。

“六角大人的花到底是怎样插出来的呀？”

初次造访六角堂的人在惊讶于供花的优雅庄严之外，一时间对花的构造也好奇起来。

其实深深吸引吉右卫门和众多京都百姓的，是六角堂本堂供奉的“花”。

在七月将要结束的一天，寺中蝉鸣震耳，从一早起，夏日的阳光就十分刺眼。

一位僧侣走出水池旁的僧坊。他剃了头的前额十分宽阔，垂着眼睛，脸上表情和善，给人一种与当时尚武的僧兵相反的平稳之感。

僧侣两手提着装有数种草木的木桶。

他出玄关走了两三步，停下来，将木桶放在脚边，两手高举大大地伸了个懒腰，咯吱咯吱地左右转动着脖子，深深吸了一口气。

蝉鸣声更大了，僧侣端正衣襟，直视前方，再次深吸了一口气。

“好，今天也要开始了。”

僧侣照例参拜了寺中各处，从里堂进入本堂。

本堂内就算在夏日的白天也十分昏暗，还残留着凉意。僧侣将木桶放在里堂，正了正衣袍，在本堂中进行今天的早课。诵经声仿佛与蝉鸣声相应，抑扬顿挫，响彻本堂。

六角堂山门旁种着大柳树与龙柏，此外还有松树、银杏、红叶与樱花等。寺中到处都有美丽的花朵向阳绽放，风一吹，花草也跟着摇曳。

诵经结束后，僧侣开始插起了供花。

木桶中浸着代表京都夏季的大叶桧扇，此外还有柾木、柳枝、桔梗、抚子花、蝴蝶花等花草。寺中已聚集了许多打算观看僧侣插花的人。僧侣背对大批民众，向着本尊插花。吉右卫门也在观看的人群中。

“好了好了，今天也要开始了哦。今天是桧扇呀，要怎么插上去呢？”

吉右卫门像往常一样活跃现场的气氛，大声自言自语。

又是吉右卫门，这人真是喜欢看花啊……

僧侣感受着背后民众的视线，拿起桧扇凝视着，将叶子一片片剪下。他注视花木的眼神一改先前的柔和，变得严肃起来。

他双手拿着茎枝，控制力道慢慢弯矫。一旦力道有错，桧扇的茎很容易就会折断，不易弯矫。只见僧侣在一点上施以十分的力道，但又避开九分之力，斟酌着慢慢弯矫。然后再剪去一片叶子，让桧扇飘垂在空中，专注地检视。

就这样，原本平凡的桧扇摇身一变，呈现出富有饱满生命力的姿态。从原野中采摘的桧扇经僧侣稍加修整之后，其中潜藏的生命光辉开始闪烁。他认为世上没有无用的枝叶花草，真正的美其实是隐藏在深处的。

僧侣坚信，裁剪枝叶可以体现草木本来的美感。

铜制的花器是寺中自古传下来的，没有多余的装饰，外表十分朴素，因为维护良好而呈现黑褐色，具有醇厚的味道。僧侣喜好的便是这样没有无谓装饰的简朴器物。花器中塞入拳头厚度的干稻草束，再将花茎前端削尖插入，固定在稻草束中。如此，花的姿态可以昂然从瓶中立起。僧侣将茎枝从瓶口立起之处，即花与水相接的部分称作“水际”。插花不是单纯把花插起来的动作，而是需要将花的特征和自然本质表现出来。

僧侣将被赋予生命的桧扇立在花器中心。经由人的手被移到花瓶这别样的世界后，桧扇凛然而立，仿佛成了一个有着特别的生命的、无法被取代的人。

“很好，立姿真是漂亮。”

之后，僧侣仔细观察每一枝花木，再决定如何将其立于花器中，一种又一种，手不曾停下。最后，在底部插上两朵可爱的白色抚子花，一枝是满开的花，一枝则是花蕾。花蕾给人一种迈向明天的希望。

僧侣端正坐姿，吸了一口气，慢慢眺望着完成的花，静静放下剪刀，向花行了一礼。

今天的桧扇真是好，要向平太道声谢。

平太是个体格魁梧的大汉，住在六角堂对面，都是他送花给六角堂的。今天的桧扇自然也是平太准备的。

见僧侣要起身，观看的民众一下嘈杂起来。因为花是供佛的，所以在本堂外只能越过僧侣的后背观看。吉右卫门还有观看的民众都说，虽然因为僧侣挡着看不清，但看他的呼吸和动作就知道花已经完成。谁都希望可以早些看到花，所以夸张的时候竟还有人叫道：“如果插完了，就快点让我们看看。”“快点让开呀！”这时僧侣也只能默默苦笑。

“哎呦。”

僧侣像要吊人胃口般慢慢地站了起来，开始收拾工具。

“抱歉抱歉，让我看看花吧，我一早就来了。”

吉右卫门分开人群，终于挤到正面可以清清楚楚看到花的位置。

从正面看到花的一瞬间，最让人心情愉悦。

这是吉右卫门的坚持。

待站到最好的位置，他调整着呼吸。说他一早来到六角堂，又整整等了两个钟头，就是为了这一瞬间也不为过。吉右卫门做好万全准备，抬起头来细细观赏。

“哦哦，真是凛然的花啊。”

他不禁赞叹起来。

一开始只是放在桶里的植物，在一瓶之上互相协调，竟散发出蓬勃的生命力。一枝枝花从瓶中心向左右延伸，安定中又透出不安定的感觉，力道的配置十分绝妙。各枝花互相映衬，呈现出独特的空间之美。

“真是太美了。”

吉右卫门并不是和谁讲话，而是独自感受着眼前这一幕。

花叶从瓶口立升，于水际优美地汇成一体。上方桧扇的叶片大大地向左倾，右边的柳枝悠悠地抛出。中央有蝴蝶花的叶片稳稳坐镇，而柾木则紧束起下方。花的整体造型就像球体一般，不单是左右，也带出了前后的空间。这样的佛前供花，在其他寺院是看不到的。

僧侣收拾完毕，向本尊行礼后，将剩下的花放进木桶，出了本堂。一出堂外，附近的孩子们都拥了上来。

“专好伯伯，专好伯伯，今天插了什么花呢？”

这可爱的声音的主人是六角堂附近和果子店“钟月庵”店主的独生女阿季，今年将满六岁了。对阿季来说，六角堂就像家里的庭院一样，是最好的游戏场所。

僧侣此刻的表情与插花时截然不同，他温柔地笑着答道：

“是阿季啊，这是桧扇哦。”

他一笑，眼尾就更下垂了。

“嗯……”

阿季漫不经心的回答让僧侣不禁苦笑起来。

他把木桶放下，从桶中拿起一枝桧扇，在围住自己的孩子们头上扇着。凉爽的风轻拂着孩子们的脸。

“哇，好凉快……”

阿季笑了起来。

“嗯，是不是像扇子一样啊。”

僧侣将剩下的桧扇分给孩子们，大家都开始扇了起来。

这些孩子都是花蕾呀。

僧侣边笑边看着孩子们的笑脸。

“喂，专好伯伯，怎么才能像你一样厉害，插出好看的花呢？”

“插花一点都不难。我只是问桧扇希望怎么插而已。不是我厉害，是桧扇本来就漂亮呀。”

孩子们也不知是否理解了，只是嗯嗯地应声。

“那大家知道为什么花很漂亮吗？”

僧侣像恶作剧般故意抛了个问题。孩子们眨着眼，歪着头。

“不是因为漂亮，所以漂亮吗？”

阿季回答说。

僧侣将桧扇慢慢举向天空，眯起眼凝视着它，说道：

“是因为活着呀。和人一样，草木也有生命。比起人，草木的生命更是无常，但它们都拼命要活下去，所以才美丽。人会对活着的东西产生共鸣。”

“嗯……是这样啊。但是，‘共鸣’是什么呢？”

僧侣大笑。

“是啊是啊，哈哈哈，抱歉抱歉。”

“哈哈哈哈。”

这位僧侣名叫池坊专好。

在京中只要问起插花的名人，连小孩都会回答“六角堂的专好”，可见专好的花在世间具有极高的评价。

池坊一家代代担任六角堂的住持，代代皆出插花的名人。专好的叔父，担任六角堂住持的专荣，还有祖父专应，都是时时进宫为天皇插花的名家。一族住在六角堂寺中池塘旁边的寺坊，所以被唤作池坊，便成了姓氏的由来。代代承袭“专”字为名，至于这专字有何含义，连专好本人也无从得知。

专好时年四十六，虽身为僧人，却晒得黝黑，脸上洁白的牙齿非常醒目，下垂的眼角上刻着深深的笑纹。到了这个年纪，微凸的肚腩有中年衰退之感，但从袖中看到的臂腕和胸膛，可以想象他的身材是细瘦而健壮的。

专好十分勤奋，饮食和睡眠都极为良好。以前就喜欢吃甜食，但酒量极差，为了活跃气氛，常常喝着喝着，宴席还没完就在一旁睡了起来。

平日里温和的专好一旦开始专注地插花，身上就会生出一股凛然的紧张感，叫人不敢随意搭话。但平常专好却没有身为“插花名门之人”的崇高感。就算穿着袈裟，也没有僧侣独有的庄严之气，谁都可以和他轻轻松松说话，孩子们也常常围绕在身边。看着专好和阿季还有其他孩子一起笑着，真让人怀疑他不是“插花名人”，反倒像纯粹无垢的儿童一般。

专好有一妻一子，妻子名叫阿民。

阿民生于六角堂附近贩卖金属器具的家庭，父亲是专好的叔父专荣的弟子。阿民在六角堂寺中从小玩到大，比专好小十五岁，小时候就追着专好的屁股跑，可谓是年纪相差悬殊的青梅竹马，对专好来说就像可爱的妹妹一样。为了继承插花的家业，长辈们都催促专好的婚事，但专好本人却迟迟没有这个心思，倒不是因为讨厌女人，而是太专注于插花的缘故。专好三十六岁时和阿民结为夫妻，四十岁时长男丰重出生。而现在，阿民的肚子中又有了新生命。

“阿民太好了，真好啊，阿民。”

专好每天都会摸着阿民的肚子感叹。本来就喜欢小孩的专好，因为期待已久的第二个孩子即将出生，每天心情都非常好，插的花也比平常更盎然茂盛，今天插的桧扇也是如此。他的立花吸引着每一个观看的人。

“今天的花也好极了。”

在观看的民众渐渐离开六角堂时，吉右卫门在花前一动也不动。他深深吸了口气，又慢慢吐了出来。

“啊啊，已经过了十五年哪。”

吉右卫门用帕子擦去脸颊上的汗，叫得更响的蝉鸣传进耳朵深处，他想起了十五年前的夏天。

十五年前的夏天也一样炎热。

吉右卫门有一个刚满十岁、名唤阿初的独生女儿。妻子在生下女儿后不久就去世了，父女二人相依为命。

那年夏天，阿初染上了不合时节的流行病，高烧二十天不退，身体逐渐衰弱下来。阿初生得清秀聪明，一直努力帮着父亲，她非常喜欢花，常常撒娇拜托吉右卫门带她一起去六角堂看花。

卧床后的第二十一天清晨，阿初的病情急转直下，医生怎么诊疗也不见起色。吉右卫门忍着泪，强堆着笑容对阿初说：

“阿初，坚强一点。对了，你想要什么？我一定会满足你的心愿。阿初，告诉我，你想要什么？”

阿初痛苦地呼吸着，小手握着吉右卫门的手。

“爹，我……我想看看花，我想去六角堂看专好伯伯的花。”

眼泪从吉右卫门的双颊流了下来。

“是啊是啊，阿初，六角堂的花真是好看哪。等一下，我这就去六角堂哦。”

吉右卫门把阿初的手轻轻地放回被子里，然后奔出玄关。这时已过了晚上八点，他朝着六角堂奔去，到了山门前便猛敲起门来。

“专好大人，池坊专好大人在吗？我女儿……我女儿……啊啊，专好大人哪。”

寺院的随从不得已开了门，吉右卫门也不告知事由，就冲入寺中，跑向专好住的寺坊，咚咚地用力敲起了门。

“专好大人，我女儿……专好大人。”

哒哒哒哒，走廊中响起了脚步声，专好穿着睡衣跑了出来。

“怎么了？”

专好刚刚起来，揉着睡眼问吉右卫门。

“我叫十一屋吉右卫门，经营杂货店，我女儿……我女儿阿初……”

吉右卫门号啕大哭，听不清在说些什么。

“十一屋先生，您冷静点。我知道您以前就常和令爱一起来参拜，那位活泼的小姐怎么了？”

专好平静地安抚着心急的吉右卫门。吉右卫门擦着泪，说明了眼下的情况。

听完话，专好低着头，紧咬着下唇，身体颤抖，眼里也泛着泪。他随即下了决心，说：

“知道了，十一屋先生。现在我们马上去阿初小姐身边吧。”

“啊，什么，现在吗？”

吉右卫门吃了一惊。他原本想拜托专好借一会儿花而已。

真没想到现在便要去家里。

因为惊讶和犹豫，吉右卫门停在了原地，背后传来专好的声音。

“家里有壁龛吗？”

“有，有的。”

“太好了。”专好感叹，接着从房间搬出浸着花的木桶和装着花器的木箱，很快回到门口。这应该是明天本堂要插的花材。

“抱歉久等了，十一屋先生，我们快走吧。”

专好将装花器的箱子递给吉右卫门，请他拿着，睡衣也没来得及换，提腿便跑。发愣的吉右卫门也连忙赶了上去。

吉右卫门看着跑在前头的专好，不禁哑然。专好急急忙忙出门，鞋子只穿了一只也没有发觉，拼命跑着。虽已入夜，天气还是闷热，只见专好的睡衣衣角已被汗溽湿，裹在脚上。

正当吉右卫门觉得这样一定很难行动的时候，跑在前面的专好将衣角卷起塞进腰带，睡衣前面敞着，继续奔跑。这副模样实在好笑，但专好和吉右卫门都无心注意。

“阿初，再等一等啊。”

吉右卫门的叫声响彻三条一带。

吉右卫门和专好飞奔进玄关，来到家中。

“阿初，阿初，六角堂的专好大人，专好大人来了。”

吉右卫门缓了缓气，在阿初的枕边说着。阿初在恍惚间听到父亲的声音，睁开了眼睛。她比吉右卫门离开家时更虚弱了。

“阿初，专好大人现在要插花啰，是为阿初插的，你说是不是太好了？”

吉右卫门眼里落下大颗的眼泪。专好两手轻拍着吉右卫门的肩头，静静在旁边坐下，因为喘气肩头一上一下，前额的汗水像瀑布般滴落。

“因为阿初说想看我的花呀。谢谢你，谢谢你。”

专好温和地对阿初说着，摸着她的头。

“我最喜欢您的花了，所以才任性地要求。”

阿初边笑边吐了吐舌头，刚才痛苦的表情也突然明朗了起来。

“好，就让我六角堂的专好来插一瓶花吧。”

说着，专好将眼前的花材摊开，开始做插花的准备。阿初按捺不住高兴的心情，想撑起病重的身体。吉右卫门从后面抱起女儿，让她坐在自己的膝上。

阿初的身体轻得让吉右卫门心中泪流不停。

专好以行云流水般的动作插着花。作品的主花是木槿，用的是白与红的花。初夏盛开的木槿，可爱的姿态中蕴含着对抗盛夏阳光的力道。专好汗也不擦，一心将新的生命赋予到花中。四刻半的时间，他一言不发，房间里只响着花剪利落地剪断枝茎的声音。阿初睁着满含憧憬的眼睛看着，吉右卫门用力抱着坐在膝上的孩子。专好沉默的背影像在以插花的姿态，向阿初传达着“活下去”的力量。

剪断最后一枝，调整整体的姿态后，专好将花剪放下，把花送到了阿初面前。

“阿初，请看。”

“哇，真漂亮，真漂亮啊，父亲。”

阿初在膝上转头看了看吉右卫门。

这花虽比平时六角堂的供花小了一些，品格却十分优雅。

专好擦了汗，便端坐在花旁，欣然一笑。然后他俯身将脸凑到阿初眼前，说道：“阿初，这红花是你，白花是你父亲。要快点康复，再和父亲到六角堂来啊。”

阿初苍白的脸一下子气色红润起来，她对专好说了好几次“专好伯伯，谢谢您，谢谢您”。专好也高兴地点头，看向吉右卫门。吉右卫门为了不让阿初知道他在哭，拼命抑制着声音，因为一出声就会哭出来，连谢谢都说不了。他忍着满溢的泪水，不断向专好点头致谢。

两天之后，阿初用虫儿振翅般微小的声音说了句“花真漂亮啊”，便静静地咽下了最后一口气。

“阿初，娘一定也在那边，见到娘要好好撒娇哦。”

吉右卫门向着阿初的遗体合掌。

“真是一瓶好花啊，阿初，今天的花也很精彩，真想让你也看看。”

阿初那烙印在心中的可爱身影和六角堂的花重叠在一起，好几次都让吉右卫门非常难过。

对专好来说，今天在六角堂插的花与十五年前为小姑娘所插的花是相同的。专好认为时时正视生命，最大限度地发挥花木的生命力，插出给人“活下去的力量”的花，才是他的目标。这想法从以前到现在都没有改变。

为了插出这样的花，专好长年不顾辛劳。不仅是贵族、武家，就算是商人、农民，只要有委托，他都十分乐意前往插花。这真挚的心情始终如一，现在专好对花的热情甚至胜似年轻时候。

十五年前那个闷热的夏夜，吉右卫门突然奔进六角堂，他的眼泪与对孩子的担心瞬间点燃了专好的心。专好原来就是个重感情又容易掉泪的人，不过一旦下了决定就不会静静等待，即使衣衫不整也会马上行动。这是人人命运无常，稍纵即逝的时代。身为僧侣和插花之人，专好努力想通过自己的花，给人们带来活下去的力量。

池坊专好插的花称为“立花”，这个词的源头来自“佛前供花”。

佛前供花的习惯与佛教同时传入。通常会在佛前供上香炉、蜡烛以及花。在佛教传入前，日本人就拥有独特的自然观，不是想着要支配自然，而是敬畏自然，与自然一同共生。特别是日本自古就有“常青树栖宿着神明”等植物观，也认为自然界有千千万万的神明。

从日本人对四季的自然观和随着佛教传入的供花习惯中，诞生了日本独特的“立形插花”，之后又逐渐升华，演变成“立花”。

足利家全盛期的室町时代，“佛前供花”的形式发展成

“客厅装饰”。室町幕府、朝廷贵族，以及有权势的大名间有被称为“同朋众”的艺术群体，遵循着规则进行装饰。

之后，六角堂出现了一位人物，他否定了“同朋众”的花。他就是池坊专应，是专好上上一辈的祖先。

池坊专应留下了被后世称为《专应口传》的花传书，痛批当时的客厅装饰不过是将漂亮的花插上去而已。

《专应口传》完成于足利幕府从鼎盛期渐渐走下坡路的时代。池坊的花与以幕府和贵族为中心发展的客厅装饰截然不同，是为了町众而插的花。随着幕府的衰退，“同朋众”也从时代的舞台上消失了，池坊的町众之花反而渐渐受到瞩目。

战争接连不断的时代，征战的不仅仅是武士，连僧侣也武装起来，农民也加入了斗争。京都因为久经战乱，人心日益惶惑不安。

正因为是这样的时代，人们才向池坊寻求慰藉，来自贵族和武家的插花委托也源源不绝。

时值乱世，才深感人生无常，也理解了生命的可贵。耐过寒冬来到春天，生生不息展叶盛开的花朵，不论如何踩踏除剪也不断向上生长的草木，都给人们勇气。生活在已化为废墟的街上，看到一朵绽放的花，人们感动的不仅仅是花的美丽，更是在无常的生命中，找到了花朵带来的对明日的希望。

六角堂的花背负着人们的愿望不断演变着。花不单单供奉于佛前，也与明天的希望合而为一，所以才深深吸引着拼命要活下去的人们。

专好出生的时候，因为专应的努力，池坊已经成为“插花名人”的代名词。生于如此家系的专好，从幼时起就被教导要守护六角堂，需行于插花之道上。对于少年时代的专好来说，僧侣的修行与为了继承家业而进行的插花练习，就是生活的全部。

所幸专好本是个喜欢动物和植物的温柔孩子，从山川中的生命到庭院路旁开放的野花，他都毫不厌倦，打心底爱惜。当专荣看到一只蚊子停在专好手上吸血，正要打下去时，专好竟护着蚊子，说：

“不行，蚊子现在吸得正快乐呢，太可怜了。”

专好这样的性情应是受了温柔的母亲影响。父亲在他七岁时病逝，父亲身为专应的次子，也是插花之人。这件事专好是许久之后才听母亲说起的。

母亲虽然没有插花，但常常牵着幼时的专好到附近的贺茂川边、东山还有爱宕山。她教给专好的不是插花的方法，而是以自然的方式告诉专好植物有趣的地方，以及如何去观察这些有趣之处。

专好正式开始插花的修行是在十岁左右。从十岁到十五岁的五年间，他离开母亲身边，被带到了上上代专应的弟子专义处照顾。专义是位沉默寡言的人，专好与他一同起卧，进行僧侣和插花的修行。专义的指导十分严格，对当时玩心正盛的专好来说，和专义一同生活的五年是极为辛苦的。但因为专好的乐观与努力，进步也有目共睹。

“总有一天，我也要像叔父一样。”

年少的专好以身为六角堂住持的叔父专荣为目标，拼命学习。

专好结束为期五年的修行，回到母亲身边的时候，已经可以独当一面了。

回家之后，专好的学习是在六角堂本堂东边，被称为“道场”的细长厅堂中进行，由专荣和专义担任指导。

小七岁的弟弟专武也一起学习。与身体健康、体格也结实的专好相比，专武天生孱弱，常常在老师讲课的时候昏昏欲睡，还没开始插花就已倒在一旁。兄弟两人长得也不像。专武体格瘦小，小时候周围的大人都说“这孩子怕是活不长”。

这天专武也因为不舒服，对专义说希望躺下来休息。

专义不知是不是心情不好，并没有答应，专武便瘫倒下来。专好边照顾弟弟，边对他说：

“专武，旁人虽然说三道四，但是你的花是真的好，可以感受到一股‘生命之力’。你有足以成为插花名手的潜质。往后需要你的时代一定会到来。”

专好十分看好专武的资质。

年少时期的严格修行，在专好过了二十岁之后，确实改变了他的插花风格。

除了帮叔父专荣插武将委托的装饰客厅的花以外，从这时起，他也开始在六角堂本堂插花了。

虽然绝非自傲，年轻的专好心中却有个模模糊糊的想法。

“我要插自己的花。”

就像生于战国的武家之子，都有取得“天下”的梦想一样，专好心中也想着要插出让世人惊叹的花。

一个抱负在插花之人的心底渐渐发芽。

“要成为天下第一的花人。”

专好越如此想，越是更加勉力地修行。

他以自己的方式不断摸索，不懈地学习。

第三章

天正十年六月十三日，秀吉军猛烈追击溃败的明智军。到了晚上，大山崎一带还是下着冷雨。

秀吉在大山崎的本阵①一边着急地等待讨伐明智光秀的汇报，一边回忆起逝去的主君织田信长。

信长叫秀吉“猴子”。

秀吉是平常百姓的孩子，出生于尾张国②，十七岁时以木下藤吉郎之名加入信长的阵营。

他七岁时就失去了父亲，为了活下去拼尽全力，不仅要帮助母亲，还要照顾弟弟妹妹。

---

① 日本古时主将所居的营部。

② 日本古代令制国之一，属东海道，现为爱知县西部。

“娘，我一定会出人头地，让你享福，所以现在请你再忍耐一下。”

“傻孩子，不要做梦了，快点找到活计，独当一面。”

总是精神奕奕的母亲经常这样斥责秀吉。

从十五岁起，大约两年间，秀吉辗转于各国卖针，跟着的师傅是位亲切的半老男人，他带着秀吉来到尾张国各处市集和周边诸国，也教导了秀吉有关各国的讯息。

“美浓的斋藤道三、三河的松平广忠、远江的今川义元，还有尾张的织田信长。现在是战国下克上[①]的乱世，藤吉郎啊，你不想当商人，是想到哪儿做官吧。那就睁大眼睛好好看看到哪儿做官好，我讨厌战争，所以哪国都不推荐。”

秀吉一步一步走遍诸国，将师傅的话记在心里，思考哪一国将来最有前途，最后他选了织田家。与其他武将不同，秀吉非常机敏灵活，这是游历诸国磨炼出来的。

被叫作“猴子”的理由之一，是因为秀吉粗鄙的长相。因为呈八字形下垂的邋遢粗眉毛，还有干瘦的脸，也被人戏称为“秃鼠”，可见他相貌的丑陋。再加上秀吉从幼年起两颊总带着两块绯红，更加深了这种印象。

他个子小，体态不好，又驼背，就显得更矮。若只看长

① 指日本南北朝时期到战国时代，大名推翻将军、家臣推翻大名等社会风潮。

相，可以说实在配不上进攻中国地区三万军队总将领的气势。

但是秀吉却比任何人都善于察言观色，擅长关注并利用别人注意不到的事。

作为信长的随从，他可以进出清洲城，并且担任普请奉行[①]，还掌管厨房的内部事务。加上秀吉又知道如何搔到人的痒处，所以一手包办了麻烦的差事。

耕田、种菜、卖菜，到各地行商兜售，这些过往的经验都被他实际运用到了工作上。

秀吉总能办好所有差事，并且不仅仅是完成，还为提高效率进行了许多改革。所以他在家臣中逐渐显得醒目起来，成为能够接近信长的人物。

秀吉深深记得第一次被信长叫作“猴子”的那一天。

那天秀吉刚当上给信长提鞋子的职务不久，他不敢相信信长居然记得自己的样子，不禁喜极而泣。被信长叫作“猴子”，他是真的高兴啊，高兴到写信给母亲说：

“娘，昨天信长大人叫我‘猴子’呢，我真高兴。”

信长也十分中意秀吉。因为他总是心细如发，再加上强烈的功名之心和不断涌现出的绝妙才智，都与其他一板一眼的家臣很不一样，吸引着众人的注意，让信长也连连称赞。

---

① 负责江户地区土木工程的职务。

秀吉在战场上英勇无比，简直锐不可当。他拼命奋战取得功名，都是为了报答信长提拔自己的恩情。可以说，秀吉是不惜性命地奋力拼搏。

他不论在哪场战役中，都一贯地将胜利归功于信长。

其中，元龟元年（1570）的功绩更是值得加上一笔。当时信长以极快的速度成为畿内的一大势力，进而开始讨伐威胁到自己的越前朝仓义景。顺利攻陷朝仓领地的金崎城，在入城后，居然发生了令信长震撼的意外事件。信长之妹阿市的夫婿、领有北近江的浅井长政竟然背叛信长，并领兵包围了他。

事出突然，遭受夹击，信长眼见就要败下阵来，便告诉诸臣："如此继续战下去，我军定会全军覆没，撤退撤退。"

"大人，请让我秀吉留下殿后，我舍命也会护住您与织田军。"

秀吉为解信长之危，护住撤退的军队，挺身留下殿后，并完成了这最危险的任务。

因为这些功绩，天正元年（1573），秀吉获得了江北三郡，以琵琶湖北边的长滨城为据点，并从当时织田家的有力家臣丹羽长秀和柴田胜家的名字中各取一字，将木下的姓氏改成了羽柴。信长麾下的老将们和平民出身的秀吉并肩而立的情景，在那个时代算是奇迹了。而秀吉眼中只有信长，并紧紧追随他，所以出人头地的速度也极快。就算丢了性命，他也要护住提拔培养自己的信长。不论什么事，只要对信长有所帮助，那便是自己最大的喜悦，也是对信长的报答。

但另一方面，秀吉升迁的速度也招致旁人的忌妒，同僚们私下里都批判他是不安分的贱民。

在某场胜仗的庆功宴上，同样效忠信长、因担任信长的骑兵护卫而出人头地的佐佐成政，对着秀吉大叫了一声"猴子"。成政对信长的忠心并不输给秀吉，但对秀吉独享信长的褒扬很不是滋味。他为人直率，但酒品不怎么好。

"秀吉是只猴子，乡下猴子。为什么只有猴子被夸奖？"

喝醉的成政在秀吉面前大放厥词。

"成政你什么意思，竟然叫我猴子！"

秀吉的怒火一下子被点燃了，他向成政飞扑过去。武士体格的成政对自己宽阔结实的胸膛非常自豪。这样的体形实在不是瘦小的秀吉所能匹敌的，但秀吉还是不顾一切扑了上去，席间的气氛一下热络起来，喝醉了的武士们在周围纷纷煽风点火。

"上啊，成政，宰了这只猴子。"

"酒宴上可以没大没小，上啊，成政。"

忌妒秀吉的人纷纷鼓吹成政。很明显，秀吉在气势上落了下风。

佐佐成政醉得厉害，没法子一下站起来。相反，秀吉却十分冷静，他看准成政已经喝醉了才扑上去。秀吉跨在成政身上，揪住他的衣襟。双方折腾了好一会儿，周围的人才制止秀吉，将两人拉开。

“可恶的成政，轮不到你叫我猴子。”秀吉大骂。

其实这个场面是秀吉算计好的。他飞扑上去时，虽然看起来醉了，却是清醒的。就算自己大骂成政，因为是在酒席上，也会获得原谅。颇有算计的秀吉瞄准的，是利用这个机会让周围的家臣闭嘴不叫自己猴子。

秀吉真的讨厌被叫作“猴子”。对他来说，可以叫自己“猴子”的只有主君信长。

不过此后，对秀吉的诽谤并没有停止。

“猴子猴子猴子，你们都不配叫。总有一天叫你们好看。”

秀吉话到喉头又咽了回去。

总有一天叫你们好看！

正因如此，秀吉变得更加坚强，不论面对怎样的强敌，他都相信自己一定可以击退对方。而本应是前进动力的意志，却逐渐变成对权力的可怕执念，秀吉以压倒性的力量击溃了那些叫自己猴子的人。

六月十三日夜半。

秀吉终于接到了讨伐光秀的捷报。

周围的家臣们互相拍肩庆祝胜利，个个喜不自胜。家臣之中最勇猛的石田三成看着秀吉。秀吉定定地站着，望向外边。依他的个性，如果打了胜仗，一定会领头又唱又跳，大大欢闹一场，但此时他的视线中只有黑暗的树林，明明打了胜仗，却直直盯着暗夜。

庭中的篝火发出了一声爆鸣，在场的人以为是枪炮声，一同往中庭看去。此时，之前不发一语的秀吉大声说道：

“诸位，干得好。今晚就好好闹一场，庆祝胜利，也好好慰劳兵士们。”

秀吉脱去兜铠，丢到地上，侍从们随即拾起整理好。秀吉回头看着家臣们，脸上流露出安心的神色。看到此景，臣下纷纷发出了胜利的欢呼。

“哦……哦哦……”

这些家臣秉性率直，主君的笑脸多么让他们欢喜。秀吉独自从欢呼的人群中离开。

东边的云隙间，上弦月露出了一点点，这一瞬间的月光映照着云和雨。明天看来是个晴天。

秀吉换了衣服，横穿过庭院，来到了小茶室。这是个寂静的小庵。

他从狭小的入口进入室中，将一朵抚子花插在窄口的瓶中后，打开了桐箱的盖子，拿出信长所赐的茶碗。这是先前战役的褒赏，对秀吉来说有着特别的回忆。他小心地取出来，两手抚摸着碗，

“信长大人，我只是希望获得您的援军，想不到竟然成了这样……”

秀吉喃喃自语，眼中溢出无法抑止的泪水，滴落面颊，连茶碗中也洒落了几滴。秀吉仔细用怀纸将碗中的泪擦去。

室中的炉子加了炭，锅中水已煮沸，水蒸气冒出的声音回响着。秀吉以熟练的手法默默泡着茶。当初在信长身边看到他搜集的名品时，秀吉完全不能理解，只是喝个茶，为什么要用如此昂贵的茶具，再配上这些手法？他曾认为这样的茶和自己无缘。但随着时间流逝，同样身为家臣的前辈柴田胜家和明智光秀等人都获赐了信长的名品，得到可以泡茶的许可。获得许可的家臣都非常得意，沉浸在泡茶、举办茶会招待宾客的荣光之中。

“茶到底是什么呢？”

这个时代，获得世上最多的名品名器，就是权力的象征，所以信长不断搜集名品，以显示自己拥有更大的权力。

因此原本欲望就强盛的秀吉，有一段时期为了获得泡茶的许可全力奋战，因为对茶的憧憬而赌上性命。

他回忆起信长允许自己泡茶的那一天，因为太高兴，从白天到晚上，身体竟不停地发颤。

秀吉用信长赐予的茶碗满足地泡了茶，静静地将茶筅放下，向着无人的客席放下这碗茶。

“信长大人，请。请您享用秀吉的茶吧。”

突然，时间慢了下来，喧嚣消逝，内心平静。对秀吉来说，这一方狭小的茶室现在就是一个宇宙，成了另外一个不同的空间。隔着茶碗，秀吉仿佛真的看到了信长。

“大人，大仇已报，您高兴吗……大人统一天下的遗志，我赌上性命也会完成的。”

已经没有眼泪了。秀吉向茶碗行了一礼，离开茶室。在这天王山的茶室里，他下定决心：

“我要代替大人，在我手中终止这乱世。”

漫长的雨终于停了。上弦月也完全露出了脸，慢慢照亮这深暗的世界。

第四章

这是信长死于本能寺之变二十几年前的事了。

二十四岁的专好遇上了某位命中注定的人物。

永禄三年（1560）五月，京都刚进入初夏，遥远的尾张国清洲城寄来了一封请池坊插花的委托书。这清洲城是连天上的飞鸟都会惊落、势力如日中天的织田信长的居城。叔父专荣便马不停蹄地带着专好、专武，还有数名弟子前往清洲城去了。

专好心中十分兴奋，心想京中传闻的织田信长到底是何人物？

旅途十分顺利，但在一行人来到离清洲城不远的驿站时，专荣因为风寒无法起身，大概是因为途中淋雨所致。在烧得意识模糊的时候，专荣把专好和专武叫到面前。

“事到如今，断不能拒绝织田信长大人。专好你来插花吧。还有专武，你好好协助兄长。”

专好无论在什么情况下都不会太紧张，这下却睡不着了。能在现今最有权势的信长居城插花，这是绝无仅有的机会。

翌日早晨，专好留下叔父，带领专武与叔父的弟子们匆忙往清洲城去。

随着逐渐接近城垒，每个人自然收了话，表情也越发凝重起来。

“兄长，等不及要一展身手了呢。我的心脏都要从嘴里蹦出来了。”

专武俏皮地把手压在嘴上。他为了让专好别太紧张在逗乐。一众人都展开了笑颜。

“专武，身体怎么样？这次千万别倒下哟，这份工作是我专好一生中的大事呢。”

专好笑了出来。

正午，一行人把行李放在城下的客栈，便马上赶往附近的山中，寻找花材所需的松枝。在清洲城的大厅，将要立起宽十三尺的大型插花。他们用极为严苛的眼光检视一枝一枝的枝条，选出力道强劲的松枝。严格甄选出来的松枝共二十枝。除了弟子们之外，专好也亲自将松枝扛下山。这时已是日暮西沉时分，四周被寂静的黑暗包围。砍完松枝后，一行人来到清洲城附近的池塘采菖蒲花叶。回到客栈后，再在外头的檐下放上水桶，将采来的松枝和花叶浸在桶中。

这晚，眺望着满天的星空，专好的内心渐渐平静下来，但兴奋的心情一直无法平复，边想着不睡不行，却偏偏又睡不着，所以平常不喝酒的专好破天荒地叫来了酒。

“终于快来了。”

他喃喃自语，将酒一口饮尽，喝了三杯便昏沉沉地醉倒，睡了过去。专武担心兄长，悄悄开了门，才发现专好睡衣大敞，整个肚子就这么露在外面，正呼呼大睡。

“真是……”

专武愣了一下，便为专好盖上棉被。

“兄长，我们好好努力，一定会插出很精彩的花的。”

专武在专好耳边像暗示般轻轻说道。

第二日早晨，一行人在日出时分进了清洲城。专好代替叔父，用花剪、锯子、柴刀和刨子等工具进行作业。他已经振奋起来，因为这是他头一次指挥插花，而且场所还是信长的居城，所以更加起劲。

专好拿起一瓶花中最重要的部分，也是作为“真”的象征的松枝。这枝松是昨天从山里砍下的，有绝佳的弯度。专好闭上眼睛，深深吸了一口气，抚平紧张兴奋的心情。

“好！”

他提起一股劲，看向松枝，眼神十分严峻，这样的气氛也将勇气传递给了专武和弟子们。他将松枝高举在空中，毫不犹豫地将多余的枝条剪下。一旦剪下就无法还原，所以判断去留，也是插花的醍醐之味。

最初的一枝松已立于瓶中，在空空如也的厅中，仿佛有风在吹拂。松枝配上开得正盛的菖蒲，菖蒲的发音与“胜负”相同，叶片也象征着刀。在这清洲城所插的，是祈求信长武运昌隆的花。

清洲城的大厅中渐渐出现了一瓶谁也未曾见过的巨大插花。专武和弟子们看到专好的活跃表现，感到十分安心，也更加专注于自己眼前的工作。

西边的天空染红时，大厅中出现了一瓶精彩绝伦的花。这是宽十三尺、高度超过六尺的大作。主枝的“真”似乎体现出了专好的雀跃之情，松枝饱含力道向上延伸，充满了整个空间，紫色和白色的菖蒲与其互为映照。正当时节的菖蒲恣意地盛放，而淡粉色的杜鹃收紧了瓶口。这正是呈现五月时节的艳丽的立花。

专好擦了擦额上的汗水，对专武说道：

“如何啊，专武，是不是一瓶让人吃惊的花呀？”

话语中充满了自信。专武重重地点头，连话也说不出来，只发出“嗯嗯”声。专好将今天的花材发挥到了极致，感到非常满足，也满心感谢专武和弟子们。

“最后的一笔。”

专好这么说着，在立花后方挂上一幅挂轴。画中描绘的是一只雄赳赳的老鹰。

老鹰好像停在松枝上瞄准猎物一般。这是专好为了让喜欢老鹰的信长高兴，而特别设计的一笔。

在专好一行边收拾工具边完成最后的收尾工作时，有个男人一声不响地进了大厅。他什么也没说就坐到花的前方，望了望专好和其他人，再抬头看向立花的正面。这人看上去不像是武士，很安静，年纪也比专好大上一轮。过了一会儿，男人向专好问道：

“今日不应该是池坊专荣大人前来吗？”

这位高挑男子的口音中混着大坂腔。

这人是谁啊？看着我插的花，竟问起专荣，真是失礼。

专好心里不是滋味，但也无法置之不理，便答道：

“专荣来到清洲城附近，因为突然发烧卧床不起，便由专荣的侄子池坊专好来代替他完成这大厅之花。”

虽然压抑着不满的心情，但为了在言语上稍微讥讽一下对方，专好的回答声有些大。

“哦哦，您就是现在京都中广受好评的专好大人哪。”

男人说着，重新看向花。

这仿佛在眺望远山般的动作给人留下深刻的印象。不过，他锐利的眼神让专好瞬间感到有些畏惧。男人一句话也没说，站了起来，向专好行了一礼，转身就要离开。

“请等一下。”

专好平静地叫住他，男人也不回头，就站在原地。

“我想听听您的感想。您认为这花如何呢？”

专好自得意满起来，他觉得这是他最好的杰作。

男人还是没有回头，答道：

“不愧是池坊专好大人，松枝栩栩如生，不，应该说比这更生动。这跃动的生命力真是超凡脱俗。从选枝到处理，您真不一般。果然和同朋众的客厅装饰花不同，真是超乎想象，非常精彩。”

是吧，你看看。

专好正得意的瞬间，男人接下来说了句“但是……”，却又打住了。

“但是，但是什么呢？话说到一半很让人伤脑筋，请您接着说吧。”

男人搔着耳后，一副“糟糕了”的表情。因为专好步步进逼，他只好转过身来，看向专好。他个子很高，身材也健硕，脸上是笑着的，眼中却没有笑意，说道：

“但是……怎么说呢，花果然是可怕的东西，这花与平常六角堂的花相比，好像是别人插的。”

为了信长大人，专好比平时还要用心，因为是铆足了干劲插的花，让人觉得像是别人插的也理所当然。

专好保持平常心，继续询问道：

“请问您尊姓大名是……”

“在下宗易，是上周跟着师匠前来的。”

男人回答专好后，又深深向他行了一礼，慢慢抬起头来。这时他的表情和刚才看花时截然不同，脸上温和的笑容直入人心。

宗易来回摸着头说：

“啊呀，真是抱歉，请您忘了我说的吧，这是名副其实，不，是超乎想象的花。池坊的花，想必一定会令信长大人高兴的。那么失礼了。”

说完，宗易摸着头走出了房间。专好也不知如何回答，只好目送宗易离开。

“宗易大人……真是位奇怪的人啊。”

收拾整理完毕之后，专好插花的消息已在城内传开了。听到风声的家臣们陆陆续续来到大厅，纷纷赞叹着“真不愧是京都第一的池坊的花啊”。

日已西落，回到客栈洗完澡后，因为顺利完成任务，专好非常高兴地与专武、弟子们一起用餐，慰劳大家，但是心中仍然在意宗易的那番话。

这个宗易大人究竟是何等人物？为什么可以说得如此笃定？

专好想把宗易的事早些忘掉，好为明天作准备。所有的成果都要看信长大人怎么说。但是，“好像是别人插的”这句话却几次浮现在脑海中，让他迟迟无法入眠，好不容易睡着，却又是黎明时分了。

早晨，五月晴朗的天空湛蓝无比，专好被召到大厅，等候拜见信长。

等了约莫一个小时，紧张的气氛达到了最高点。

“大人到——”

随着这句话，现场的气氛瞬间凝重起来，正如传闻一样打扮奇特的信长步入大厅。跪坐在大厅中的人们低头跪拜，前额都碰到了地上。专好也和其他人一样，但是偷偷瞄了信长一眼。

真年轻。

这是专好看见信长后的感觉。他原本以为信长勇猛果断地征讨了今川义元，应该像魁梧的野武士般身材高壮，但想不到眼前的信长竟体形瘦削结实。

数十名家臣跟在信长后面陆续进入大厅。以柴田胜家、丹羽长秀为首，拥护信长的勇猛将士齐聚一堂。

信长的到来瞬间让现场的气氛为之一变，威风八面的压倒性的魄力和如刀般锐利的目光——信长的姿态恰好体现了他现在如日中天的势力。

这天信长心情特别好，进了大厅就马上坐到花前，眺望了片刻。他紧闭着嘴看着这尊作品，目光好似盯着潜藏于竹林深处的生物一样。不发一语地观看一会儿后，他突然啪的一声，用扇子敲了敲自己的膝头。

“精彩！”

信长回头望向一众臣下，看到退于一旁的专好，问道：

“你就是六角堂的池坊专好？”

“是。”

专好回话时，前额低叩到地板。

“很好的花。”

信长点点头，并大声赞许。

“紫云山顶法寺六角堂住持池坊专荣之侄池坊专好，蒙大人褒奖，荣幸之至。”

“往后要更加勤奋修炼此花之道。”

“是，必定谨记于心。”

专好高声应道。

我如今在这儿获得了信长大人的肯定。

专好的心情好似登上青天，但脑海里却浮现出了宗易那张脸。

当天下午，一行人踏上了回京的旅途。

专好心情愉快，被信长大人这样赞许，高兴是理所当然的。而且参与其中的人没有一个不欣喜，专武和弟子们的言语中也不断透露出喜悦之情。

但是对专好来说，宗易的话却像梗在喉头的刺，让他十分在意。

当晚，在客栈安顿下来后，专好向终于恢复精神的专荣说了遇到宗易的事。专荣听完后，平静地说道：

“专好啊，花一定会显露你的心。你今天插的花，与其说是要灵活呈现出花木本身的姿态，倒不如说显示出了你希望夸耀身手的心情。难道不是如此吗，专好？”

但是，我获得了信长大人的肯定……

这句话，专好并没有说出来。

“希望让信长大人大吃一惊、希望获得肯定，你这种自傲的心情被人看透了。”

专好听了专荣的指摘，不禁红了脸。

“忘记与花对话，以至于因为怠慢体现不出花的本质。这就是宗易大人想和你说的吧。也就是说，你今天的花没有心。专好，人上有人哪。”

专好感觉全身仿佛失去了力气，宗易说的那句“花果然是可怕的东西”掠过心头，同时，他又觉得可耻。专好对专武和弟子们的喜悦视而不见，心情始终无法晴朗。

第五章

永禄四年（1561）八月。

距专好在清洲城插花已过了一年多。六角堂寺中蝉鸣震耳，京都正值秋老虎的季节，此处位于盆地，风吹不进来。

专好返京后，继续精力充沛地插花，但时常插到一半停下手来，突然想起宗易的事。

为什么宗易大人觉得我在清洲城插的花缺了重要的东西，认为花里没有心呢？真是可怕的人哪。

专好在畏惧宗易之深奥的同时，又不可思议地想再见到他和蔼的笑容。

弟弟专武从清洲城回来后，每见到人，都要将清洲城的事骄傲地说上一回。

“兄长真是厉害，被那位信长大人夸赞了呢。”

虽然专武逢人就说，但专好却只字不提。这是因为宗易的指摘让他没办法高兴起来。

明明都快九月了，秋老虎却发威得更厉害。一天，专好突然接到一封信。

难道是……

正如他的猜想，这封信来自那天唯一看透他自傲一面的那位大人。专好将寄信人又确认了一次。

"果然是宗易大人。"

专好害怕打开这封信。因为宗易看透了自己，他预感这封信会再次伤到自己，所以显得战战兢兢。

"写着什么呢？"

信中居然是邀专好去喝茶之事。

"是呀，宗易大人是位茶人哪。"

信中的文字让人觉得亲切而轻松。

"什么？原来他也在意着。"

专好为宗易也同样在意自己感到高兴。

信寄到一周后，专好拜访了宗易的住处。

这天一早，阳光就十分刺眼。宗易在玄关迎接专好，脸上洋溢着天真的笑容。

“啊呀，专好大人，今天可真热呢，真高兴您能来，请进请进。”

宗易连珠炮般说道，并引领专好进屋，专好不由自主地跟进茶室。庭中铺满青苔，一片苔绿中的踏脚石上洒着水。方才的炎热像谎言一般消失了，庭中充满凉意。专好闭上眼，微微感到哪里吹来了凉风。

这里有风。在京中不太有的风，竟吹拂在这庭院中。

茶室壁龛的竹器里插着短短的芒草和小菊花苞。专好盯着这花，芒草有一股风情，让人想起秋天。宗易为了在大热天里造访的专好，特别插上了有初秋气息的花草，这样贴心的举动让专好十分感动。

宗易泡着茶，开口说道：

“专好大人，这花您以为如何？”

专好停了一会儿，回答：

“这花令人舒服、愉悦。”

这是他的心里话。

宗易高兴地笑了。

“其实我以前就很喜欢六角堂的花，每次到京都，如果有时间总会到六角堂看看。一直很喜欢专好大人轻松自然的花。

怎么说呢？它不拘泥于形式，依着草木的姿态和自己的意志自由舒展枝叶，让人感到‘生命’的力道。而且不同的花材互相协调融合，让人觉得花中有谦虚之心，我非常喜欢。”

宗易话说完后，递上了茶。

专好听着宗易的话，深深地感到高兴。

“宗易大人以前就知道在下，真是荣幸。我并不知道您特地到了六角堂。请容我向您致谢。”

专好时常不拘泥于无法呈现生命跃动的形式框架，尽量不加雕饰地体现草木原本的生长姿态。但是，清洲城的花却充满想让人吃惊、夸示自己实力的意图，与其说是考虑到花草本身，倒不如说是因为希望插出一件惊人之作，便依自己的意思擅自改变了枝条的姿态。就因为这一点，宗易才觉得这花“好像是别人插的”。

我果然还不够火候啊，还早还早。

想起宗易的指摘，专好坦率地这样觉得。

待专好饮尽递上的茶，宗易好像要说些什么。

“专好大人……”

专好等着宗易接着说下去，但他却欲言又止。

“宗易大人，是怎么了呢？”

“其实我有一事相求……”宗易停了一下，像下定决心般说道，“您能教我插花吗？”

听见这突如其来的请托，专好吃了一惊。宗易比自己还大了十四岁呢。

“是立花吗？您在说什么呢，宗易大人，您不是已经有茶道了吗？究竟为何提出如此请托？”

“我确实已经有了茶道，而专好大人也有您的花之道，但两条道路看似不同，实则相同。专好大人追求立花的态度让我深感佩服，所以我也想接触您认为的那种美。”

“虽然这么说，宗易大人……”

专好搔着头，不知如何回答。

“为了究极茶之道，我需要向您学习立花之美。”

专好迟迟不肯点头。

“无论怎么说，我还是喜欢您的花。”

宗易像孩童般笑了起来，这瞬间让专好卸下疑虑，答应了他。

从那天起，宗易只要有时间就来拜访专好，专好也会去宗易的茶室，就各自追求的花道与茶道进行交流，讨论理想之美。宗易寻求的美深深吸引着专好，茶道与花道虽然领域不同，却有许多相通之处。

宗易已经理解了装饰客厅之花的基本手法。他现在想学的不是客厅的装饰，而是专好插出的充满生命力的花。

专好也时常期望能插出超越老师专荣的花，所以他深入山林，观察自然中多种多样的花草枝叶。在宗易拜访六角堂的日子，六角堂道场中的灯火总是点到半夜，响着花剪剪枝时清脆的金属声响。

离初次见面已过了三年，一个冬日。

专好、专武还有宗易三人在六角堂的道场里练习。晚饭已毕，日落西山，天气寒冷彻骨，到了晚上又下起雪来。今天的练习材料中有很好的松枝，所以三人非常认真。专好的松枝向右大大弯了出去，呈现出承耐雨露风雪的姿态。而另一边，宗易的松枝并不是特别弯曲，只在枝梢处稍微左右一拧。准备和分配花材的则是专好。

宗易刚才就瞄了专好的松枝好几次，也没怎么动手插自己的花，好像想说什么。专好看不下去，就对宗易说道：

"宗易大人，如果您不快点插，今晚是回不去啰。"

宗易露出招牌式的和蔼笑容。

"是啊，这就伤脑筋了。这样吧，专好大人，我这枝松和你那枝松交换吧。"

说着，宗易便站了起来，要拔专好的松枝。

“哎呀，宗易大人，您这是在做什么？”

专好慌忙大声说道，并轻轻撞了宗易一下，高大的宗易向后颠了一步。宗易时年四十二岁，专好二十八岁。按道理说这个年纪应该不会有人朝自己撞上来，所以宗易也怒气上头，挤向专好，说道：

“专好大人，没有撞人的道理吧……”

看到这一幕，专武便说：

“两位停手吧，真是的，一点都没有大人的样子。”

居然被比自己小的专武说孩子气，这次换专好发火了。

“专武，说兄长没大人的样子，你这是什么态度？还有，你看你插的这是什么，没有一点精神，应该要这样，更加伸展出去。”

专好说着，就将专武的松枝拔了起来。

“啊！”专武大叫。

“专好大人，这可不妙呀。”宗易小声喃喃道。

平常十分乖巧的专武站了起来，气得面红耳赤。

“今天的花可能会成为我迄今为止最好的杰作，您居然……”

专武哭起来。专好见场面不可收拾，连忙向专武道歉。

“专武，不好意思，我没有恶意，可恶的是宗易大人。”

“不，兄长，今天我绝对不原谅您。”

专武开始追打专好，两人在像鳗鱼睡床一样狭长的道场里跑起来。

下雪的夜晚，已经是大人的专好居然拔了别人的松枝，又为了觉得别人的松枝好和区区松枝的姿形吵架。这一刻，宗易不禁感到十分温馨。看到专武正追着专好，他偷偷用自己的松枝换了专好的松枝。

“好了，从头再插一次吧。”

雪下到第二天早晨，六角堂积满了今年第一场雪。道场里的三人一直插到早上。东边的天空泛白时，专好和宗易揉了揉眼，打开道场门，走到六角堂院中。而专武已用尽力气，在花前呼呼大睡。

宗易利用松枝精彩的弯曲，插了一瓶大胆的花。而专好则用了那枝原本让宗易伤脑筋、左右扭曲不好处理的松枝。这枝难用的松却非常适合插成立花的主枝，焕然一新地呈现出庄重的气氛，不禁让人赞叹专好的技艺之精湛，真不愧是插花名手。

本堂内，两人互相观看和比较彼此的作品后，一言不发地坐到自己的作品前，重新审视起来。

“好。”

“宗易大人，您因为用了好的松枝，作品真是不错啊。”

“哎，不是只有松枝好吧。”

专好和宗易都感到十分充实，紧张的心情也随之松懈下来。

下一刻，不管本堂寒冷彻骨，两人几乎同时向后倒下，沉沉睡去。清晨的六角堂中响起两人的呼噜声。专好在恍惚的睡梦中，喃喃说出过去被信长赞许过的那句“精彩”。

专好与宗易成为朋友的时候，正值动荡的战国时代。

信长在桶狭间合战中讨伐了今川义元，并且与今川支配下的三河国的德川家康结盟。之后，美浓的情势急转直下，信长趁机攻取，成为领有尾张和美浓两国的大名。

信长以凌厉的攻势扩展势力，在他进入岐阜城不久后，宗易经由出身堺的前辈茶人今井宗久的介绍，成为信长的茶头[1]。其后，宗易在茶道方面的评价更是青云直上。而很早就开始重视茶道的信长，将准许从事茶道与赏赐茶道用具作为征战的褒赏。他自己也十分热衷于收集茶具，以半强制的方式让人进献此类物品。这位最接近天下一统的武将一连串的

① 即主管茶道的负责人。

行动提高了茶道的价值，导致诸将竞相习茶。

在明智光秀于本能寺叛变的前一天，信长展示过他引以为傲的茶道用具。本能寺大火之后，信长的遗体没有找到，可见火势之大。与许多被讴歌为名品的茶道用具一起，信长短暂而激荡的一生就此落幕。

信长死后，围绕织田家的继承掀起了激烈的对立。秀吉与最受信长信赖的笔头家臣柴田胜家的冲突日益加深，后来秀吉打败了胜家，而给他带来胜利的一大助力是老友前田利家。利家和秀吉同样是从十几岁的时候开始追随信长，是青年时期一同奋战的伙伴。

秀吉最后成为信长实质上的接班人。而宗易也在信长死后成为秀吉的茶头。

对曾是信长茶头的宗易来说，秀吉为提拔自己的信长报了仇，又是信长的接班人，所以跟随秀吉再自然不过了，这也是宗易为人的道理。

在战国武将们卷起的战乱烟尘中，茶道与客厅装饰之花互相竞争，都十分受重视。乱世受苦的人越多，人们越是潜心钻研茶与花。可以说是个充满讽刺的时代。

第六章

天正十年六月二日，因为明智光秀突然谋反，织田信长在本能寺结束了一生。当时，本能寺所在的下京地区也受到波及，许多民家被烧毁，民众流离失所。

帮专好收集花材的平太，他的家正好在本能寺的后边，因而被大火烧成了灰烬。平太背着病弱的母亲，拿了些能拿的家财逃到六角堂，捡回一命，现在被专好收留，住在六角堂的寺坊里。不仅是平太母子，六角堂也给许多失去家园的下京百姓提供临时住所，并连日开锅赈灾。

“大家都振作一点，不要气馁。”

“看看花草，风吹雨淋也不屈服，而且到了春天都会竞相绽放。所以我们现在需要忍耐，相信春天一定会到来。”

专好将对明天的希望寄托于花朵，为了给民众打气，每天都将花插得十分精神。

专好的叔父，也就是六角堂住持专荣比信长早三年去世，他一生不断前往遥远的地方插花，艰难旅途中踏出的每一步，都成为将池坊的花传播到全国的重要足迹。

专荣过世后，由专好继承了住持之位。专好在插花之余，还要兼顾寺里的事务。每天为繁琐之事奔忙，但每天早上的供花是必不可缺的。

很快到了六角堂红叶似火的季节，本能寺之变也过去四个月了。

专好连续寄了好几封信给宗易，但都没有接到回信。

“宗易大人现在到底怎么样了呢？”

带着冬天气息的风吹起了一片又一片的红叶，专好看着此景，喃喃地说。

本能寺之变发生以后，专好就非常担心宗易。

宗易担任信长的茶头之后，因为平日忙碌，又住得远，就很少来六角堂了。特别是这几年，信长不断陷入艰苦的战役，专好忧心这样的情势对身为茶头的宗易来说必定也是难熬的。

就算见一面也好呀。

殷切期盼见面的心情始终萦绕在专好的心头。

妻子阿民看着专好如此情形，这四个月也不好过。她知道本能寺之变发生后几天，专好为了确认宗易是否平安，曾走遍火灾后的废墟。

阿民准备的饭，专好几乎吃不下去，面对最喜欢的甜食，也只是深深叹气，动也不动。六岁的丰重坐在父亲膝上，担心地抬头看着他。

但是，身为六角堂的住持，日常的事务也需要打理，不能让前来参拜的人们跟着担心。专好忍着悲伤，提起精神完成每天的工作。

在专好听闻本能寺之变的前一天，信长曾在众人面前展示引以为傲的茶道用具，但是当时宗易并不在场。

宗易大人一定还活着。

专好如此深信。

但是为什么没有回信呢？别是被卷进其他的麻烦里了吧？还是……

他越想越有不祥的预感。

专好常常回忆起宗易气韵饱满的声音、令人印象深刻的笑容和一起埋头插花的时光。

信长死后，谋反的明智光秀虽很快被打败，但混乱的局面仍持续了很长一段时间。

谁都不知道，命运会因为什么而突然改变。

命运无常，和一朵花缥缈的生命并没有多大不同。

“真想再喝一次宗易大人的茶啊。”

这是一个死亡近在身边的时代。

本能寺大火已过了十个月，时值三月下旬，在六角堂的樱花盛开之日，专好的女儿出生了，取名樱子。虽然依旧没有宗易的消息，但女儿的诞生让专好感到无比欣慰。

四月的一天，专好的弟子萨摩六助举办了茶会。这时本能寺附近大半地区已经重建，许多百姓也回到了原来的生活中。

六助是三条室町的衣料绸缎商，也承制专好等人的衣服。他待人很好，又会做生意，所以京都各处都有他的客人。就是因为想招待一下自己的顾客，六助才想开个茶会。

“下次茶会一定要请专好师傅来插花。”

“六助，你最近也开始学插花了，自己插插看吧。”

“请别这么说。我的花呀，怎么说呢，只是把花剪下来插上去而已。”

“那你的练习还不够哦。”

“师傅您行行好吧。我茶道的师傅和师傅的师傅都会来，可不能丢人。一定要用最好的花来招待。”

六助恳求着。专好虽有些犹豫，结果还是首肯了。

“知道了，答应你吧。”

六助浮现出安心的表情，嘴里嘟囔着：“专好师傅开的玩笑还真是吃不消啊。”

茶会当天，专好带着平太到了六助的茶室。站在长满青苔的庭中，安静得让人忘记身处京都中心这被历史翻弄的风云激荡之地。

专好从平太找来的数种花材中，选了一朵燕子花和五片叶子插在花器里，便成了和立花有着不同气氛的、楚楚动人的茶席之花。平太看得入迷。

平太和专武同年，专好像疼弟弟一样疼他。幼年失怙的平太由母亲一人抚养长大，所以事母至孝，是个善良的人。小时候常跟着专好爬上东山连绵的山峰或到洛外的池塘田地去找寻花材。因为这些经验，现在平太“找花”的本领得到了专好极高的信赖。

寻来觉得专好一定会喜欢的花材，倘若专好和预期一样用了这花材，就是平太最高兴的时刻。不过就算他觉得找到的花材特别好，也不会刻意强调，反而和其他花材一起带给专好，这是因为他不希望让自己的成见影响专好。然而专好在许许多多的花材里，一定会找出平太属意的花材，也一定会半开玩笑称赞道：

“这花材的枝条姿态真是好，平太你是故意不说的吧，还偷偷藏起来。”

平太长得高大，但话不多，被专好这么一夸，便腼腆地转过身去，不好意思地笑起来。专好很喜欢这样的平太。

茶会开始，前半与中间的休息时间结束后，专好从里间回到茶室，在准备室窥看了一下茶室的样子。只见茶会主人六助在和数名宾客说话，内容听不清楚。

宾客中有一位说着大坂腔，声音像是从肚子深处发出来的，非常平稳。

这声音不会是……

专好跑到拉门后，耳朵靠着门细细听。

没有错，这是宗易大人的声音。

六助说的“师傅的师傅”原来就是宗易。专好压抑着想奔向茶席的冲动，在准备室中一个人暗自高兴。

宗易大人没有事，真是太好了。

这天宗易受前辈的茶人之邀参加茶会，他已许久没有造访京都了。

秀吉这时在织田家的继承之争中脱颖而出，终于打败了柴田胜家。因为提拔自己的信长之死，再加上秀吉成了自己的新主君，宗易一时无法宽心，所以便专注于磨炼茶道。

今天宗易是期待着可以拜访六角堂而出席这场茶会的。成为天下第一茶人后，没有办法像以前一样自由走动，而今天终于可以到六角堂见专好，所以一早便带着雀跃的心情到了六助的宅子。

茶室中宾客已齐，六助泡着茶招待。他在天下第一茶人的面前虽难掩紧张，但动作中透露出勤奋练习的成果。在寂静的空间喝上一碗茶的茶道，与花之道一样，让人在战乱之世中有一瞬间暂且忘记日常。

中间的休息时间过后，宗易细细看着茶室壁龛的花，静静地喃喃自语：

“真是一瓶好花，我也好久没见了，今天真想好好见一面哪。”

茶会同席的众人都不知道宗易说的是什么，只有六助一人擦着额上的汗，视线惶惶不安地飘移。

茶会结束后，宗易靠近六助，小声问道：

“六角堂的池坊专好大人在这儿吧。嗯，六助？”

果然还是被他看透了。

六助见状，反倒耍赖说：

“宗易大人为何如此说呢？”

“呵呵，六助，别耍赖了。”

宗易十分确信壁龛里的花是专好插的。他静静地直视着六助的眼睛。

被这双好像什么都能看透的深褐色眼眸一盯，一句谎话也瞒不住。

六助的额上冒出一行汗，流过脸颊，滴下下巴。此时，准备室的门被拉开，专好走了进来。

“六助，宗易大人都看穿啦，不用硬撑了。”

专好这么说着，拍了六助的右肩两下。

“很不错的茶会，很用功的练习，辛苦了。”

专好慰劳着茶会主人的辛劳。默默看着此景的宗易大声叫了一句。

“专好大人！”

这时，宗易满面微笑地走近专好，和适才的天下第一茶圣相比仿佛换了个人一般，让六助都看呆了。

“宗易大人，您没事真是太好了。啊呀，我实在担心。”

专好眼中闪着泪光。这时隔许久的再会让两人打心底高兴。

“只看花，就知道是专好大人插的，真不一般哪。”

平太在准备室里看着这一幕，不禁如此叹道。

“只凭花就知道是专好大人插的，宗易大人的眼力令人佩服，但只凭花就可以强调自己的存在，专好大人的实力也真让人没话说。”

茶会举办两年之后的天正十三年（1585），宗易于宫廷中举办茶会，由正亲町天皇御赐“利休”的居士号，名副其实地成了日本第一茶人。另外，从关白[①]丰臣秀吉亲信的身份来说，宗易对诸位大名也有很大的影响力。这是秀吉与利休关系最好的时期。

① 日本古代职官，辅佐天皇。

第七章

秀吉进击的脚步宛如升腾的巨龙般毫不停顿。

天正十一年（1583），他开始建造豪华绚烂的大坂城，作为自己的居城。翌年让历经小牧·长久手合战的德川家康臣服于下，并征伐纪州、四国，顺利扩展势力范围，最后终于晋升到关白的位置。成为关白的秀吉将姓氏改为丰臣，成了丰臣秀吉。

织田信长将原为百姓的秀吉提拔到大名的地位，而这时距信长之死才不过三年。

“我一定要继承信长大人的遗志。”

秀吉在天王山的茶室如此下了决心后，脑中便一刻不停地构思起来，不惜以各种方法达成目标。他没有受过一般武将的教育，所以不受传统的惯例拘束，头脑灵活。

然而，过于强盛的权力会改变一个人。成为关白之后，秀吉越发神经质，一遇到不合意的人与事物，便无法忍受对方的存在，要让其从世上消失。

就如同信长以前做过的，秀吉也乐于夸示自己的力量，十分讲究豪华，不论是服装、饰品、建筑还是茶道用具，他都不惜钱财，要在所有事物上加上自己的“美感”。而他的美感越是独特，人们便越是拜倒在他的脚下，说：

“真不愧是关白殿下，令人感佩万分。”

不论这样的褒扬是否出自真心，谁也不对秀吉表露本意。如果不在秀吉觉得“美”的事物上下功夫，便会受到处罚，严重时还会掉脑袋，殃及妻儿。

如此一来，世上只留下赞许之音，秀吉看着这般情形，越发不停地出主意。

其中之最便是“黄金茶室”。自信长以来，茶道对政治外交有着很大的影响力，在这样的时代背景下，以黄金建造茶室的想法可以说是表现出了关白秀吉真正的一面。秀吉便命令利休建造黄金茶室。

“利休啊，一定要建出一座谁都无法模仿的茶室。”

恕难从命啊……

听了秀吉的话，当下利休就这么想。原因是此时的利休想将茶道提升到一个不求浮夸、表现简素的新境界，他对于美的想法与秀吉完全不一样。

对每日与死亡为伴的武士来说，无法预料到明天是否还能生存下去。而在下克上的环境之中，今天的朋友也许会成为明日的敌人。所以在这样的时代里，利休体悟到的茶道心得即是“一期一会”。减少不必要的琐碎之处，不以高价豪华之物，而以谦虚之心尽力招待重要的宾客。利休十分重视这样的价值观，并认为这才是真正的美。

另外，茶室中不论是武士还是关白，也与一般人无异，所以利休为此设计了“躏口”这样一个需要躬身伏低才能进入的狭小入口。佩刀当然没有办法进入，所以就算是武士，也要将刀解下才行。而利休的茶室又特别小，仅有二叠[①]大小。因为只有在狭小的空间中，主人和客人才能互相以真心相对。

利休将不必要之物省到一个极限，追求闲寂简朴，所以对他来说，秀吉的黄金茶室就如字面之意，是与自己对立之物。

岂有用黄金造茶室之理，我是做不来的。

但利休不知如何拒绝，很伤脑筋。

---

① 日本面积单位，一叠为一张榻榻米的面积，约为 1.62 平方米。

我原是应信长大人之邀成为茶头的，而不是秀吉。

利休心里对秀吉的嫌恶不断扩大。

利休初次见到秀吉时，他的姓还不是羽柴而是木下，当时年轻的秀吉是个谈到美就会肚子疼的乡下武士。利休还深深记得秀吉被信长叫“喂！猴子”的情景。所以就算他成了关白，在利休心中某处，秀吉也还是只“猴子”。

黄金茶室愚昧至极，是爆发骤贵的人对美所能想到的极限了吧……

“秀吉大人，虽承您之言，您还是命他人建造吧。黄金茶室我是想也想不到的。”

利休尽力细心而礼貌地回答。他无论如何都无法提起劲建造黄金茶室。

但是秀吉怎能应允呢？

“别这么说，利休。拜托你这位天下第一茶人了。天下第一茶人不造天下第一的茶室，那换谁来做？拜托了。”

秀吉对利休是自己属下这件事非常自豪。

主人与客人在黄金茶室中，要如何维持平静，面对面喝茶呢？

利休内心无论如何都无法跨过黄金茶室与自己的价值观中间的那条鸿沟。

这时有人在一旁冷静地看着一切，此人便是石田三成。

石田三成十五岁开始跟随秀吉，不时在秀吉迈向关白的路上支持着他。

只要是为了秀吉，就算满手沾血的事，他也能不吭一声默默去做，可说是丰臣家首屈一指的才干之人。

“利休大人怎能对关白大人如此说话！”

石田三成表情漠然地瞪着利休，毫无慈悲的眼神就像出鞘的太刀贯刺过来。利休很讨厌三成其人。

“啊呀，石田大人，我是个茶人，和身为武家的您不同。这是关白殿下和我才知道的世界，请您忍耐些吧。”

利休此言满含讽刺之意，三成也怒了起来。

“你们俩都好了，好了。”

在旁边看着的秀吉见状开口调解，又向利休说道：

“总之拜托了，利休。”

利休虽不愿意建造黄金茶室，但过了不久也将其建造完成，秀吉大喜。

不过茶室中一些地方都留下了利休的特色，这便是被称为天下第一茶人的实力。

第一，茶室可以分解、移动、组合。利休知道秀吉一定等不及要向人夸耀这样的设计。

第二，茶室为三叠。虽是被黄金围绕的茶室，只要空间狭小，主人与客人的心还是可以相通的。这一点上利休十分坚持自己的主张。

当秀吉的天下渐渐稳固，能向他谏言的人就越来越少，只剩茶头利休与加贺的前田利家等人还可以呈上忠言。

前田利家年轻时被叫作“枪之又左”，是征战无数的强者。他性格急躁，又喜欢歌舞伎演员般的华丽装扮，所以织田家的家臣都认为他是个异端。利家二十二岁时，因争执杀了信长的茶坊主而激怒信长，受到处罚被放逐出织田家。因为秀吉也是出身百姓的“猴子”，所以两人意气相投，再加上他们的正室是一起喝茶的朋友，更促成了两人良好的关系。

和其他人一样，利家也非常憧憬信长的茶道。这般看来，信长利用茶道的“茶道政策”，不但能聚集人心，也激起了臣下的功名之心，可说是非常有效的一步棋。侍奉信长的年轻臣子，都梦想着有朝一日自己也可以获赐接触茶道。

但话说回来，利家被信长认可、获赐接触茶道后，才发现自己根本不会泡茶，所以偷偷请利休教他。利家虽给人歌舞伎演员的印象，其实是个铮铮汉子，泡起茶来不像弄枪时应手，时常洒了茶、掉了茶筅，动作一点也不优美。他虽喜爱新奇，喜欢引人注目，但本性却十分认真率直，所以利休以前就对利家抱有好感。

对利家来说，在茶室学习点前等茶道动作和打仗没有两样，他常说：

“没有比认真拼出胜负更有趣的了。”

利家还有一点好处，就是他有自己贯彻的“美学”。

随着年龄增长，利家也成了大名，渐渐从血气方刚的“枪之又左”变成了“美的追求者”。利休认为这样的利家十分有趣，而且耐人寻味。

对利家来说，比起认识利休，池坊专好的花带来了更大的影响，甚至改变了他的人生。

专好的花在清洲城获得信长的嘉许，当时利家等年轻家臣也在最后一排看着。翠绿的长青之松刻画出悠久的时光跃动，枝梢伸向天际。盛开的菖蒲与松相对，讴歌在转瞬间尽情绽放的生命。还有那仿佛停在松枝上的鹰。那天之后，利家还没有看到过一瓶花可以超越它。今天想来，那天专好的花深深印在利家脑海中，就像是打着“天下布武”旗号、驰骋于时代之中的信长一般。

在利家三十二岁继承家督的茶席上，他问了当时还是信长茶头的利休一件事。

“八年前在清洲城看到的那瓶花，至今我还没法忘记。”

“呀，从人称枪之又左的前田大人口中，真没想到会听到有关花的事哪。”

利休马上知道了，利家说的是池坊专好的立花。

“宗易大人知道一位十分擅长插花，叫作池坊专好的僧人吗？”

利休心想，果然猜中了，便高兴地对利家说：

“真不愧是前田大人，我也是深受那花吸引的人之一。六角堂的专好大人是我立花的老师。专好大人插的花富有生命力，我也是想好好了解其中奥妙，所以才拜入门下的。这花哪，不是稍事学习就可以插的。现在专好大人的花恐怕比那清洲城的花更胜数倍，他的花颠覆了同朋众一直以来的以花装饰客厅的概念。”

好像是向人夸耀自己的弟弟一般，利休满脸笑容地说着。

“啊呀，宗易大人那天也在清洲？这真是缘分。”

从那天起，两人若是见面，就一定提起专好。信长死后，那段还是初出茅庐时的回忆是如何也道不尽的。如今秀吉获取了天下，两人便成为少数可以向秀吉进言而留在京都的人。

秀吉成为关白的那年秋天，利家时隔许久出席了利休的茶会。壁龛中插着朴素的龙胆，透露出渐浓的秋意。

利家说起了夏天听到的一件事。

“利休大人，我都听说了，那《牵牛花》真是杰作啊。我听到这事时想起了专好大人，其中是否有什么关系呢？”

利休泡着茶，微微笑了起来。

关白秀吉为了看盛开的牵牛花而造访利休草庵一事，利家在利休面前高兴地说着，宛如自己是当事人一样。

秀吉听到传闻，说利休庭中的牵牛花开得漂亮，所以便来造访，满怀期待地进了庭院，发现竟没有一朵花。为期待落空而懊恼的秀吉疑惑地说：

“为什么连一朵牵牛花都没有？”

他带着满脸无法接受的表情进入茶室之后，看到壁龛中插着一朵满开的牵牛花。利休为了体现壁龛中这一朵牵牛花的极致，将庭中所有牵牛花都摘掉了。

“我可以想象个性偏激的秀吉大人，又是焦急狼狈又是欢喜的表情。”

利家很喜欢这个让人心情舒畅的故事，自己也想实际经历一番。

利休接着说道：

“这牵牛花的事与我向专好大人学到的池坊之花的精神相通。池坊的教导里有句‘一朵可抵数朵，数少却深奥’。借着精减到一个极限，可以增加生命的光辉。我们追求的最高目标竟然如此一致。若将事物削减至极限，时间与空间都会被研磨得更加澄澈。”

“说得真不错。一朵花的生命，对您与专好大人来说，外表的光泽艳丽可以说是不值一提吧。”

听着利休的话，利家心里想着：

这若是一不小心，可是掉脑袋的事。利休大人对美的追求竟如此坦率。

第八章

天正十五年（1587）七月，秀吉终于平定九州岛，兴高采烈地返京之后，在二条西洞院的妙显寺城想了一桩好主意。

“三成，三成在吗？还有，把利休也叫来。”

一会儿，三成与利休都到了。

“三成、利休，我有个好主意。聚乐第预定要什么时候完工？”

聚乐第是秀吉在过去平安时代皇宫的旧迹上建造的巨大宅邸，落成后将成为新的政治中心。他毫不吝惜地使用黄金，要建成一座壮大奢华的豪宅。

“预计在初秋完成。”

三成淡然地回答了秀吉。

“好！十月一日到十日，我要在北野举行大茶会。朝廷、贵族、武家、商人、百姓，不论什么身份都可以参加，务必要人越多越好。利休，这茶会就交给你办了，你可以自由行事。”

利休知道秀吉想做什么。他征讨九州岛，终于要获取天下，便想给自己立一个好的评价，想让京都人从贵族到百姓都称他为“真不愧是取得天下的关白秀吉”。

利休并不讨厌秀吉这个想法。因为秀吉不是生来就是武将，可以不计较身份的隔阂，思考方式十分灵活。信长认为茶道不是任何人都可以接触的，而将其利用在政治上。但是秀吉却允许一般人接触茶道，希望借此获得人气。

利休将这茶会取名为“北野大茶会”，借了北野天满宫的松原，并在街上设置招牌宣传，宣布不论任何身份，只要是喜欢茶道的人，甚至是爱好风雅的唐国人士都可以参加。喜欢茶道的可以带着自己的茶碗，若没有茶碗，用能代替茶碗的容器也可以。招牌上还写着秀吉将亲自泡茶。

到了十月一日这天，天空万里无云，是举办户外茶会的绝佳天气。

松原上设置了八百处茶席，与会者不光从京都，还从大坂、堺、奈良等远方而来，共聚集了一万五千人。

茶会的首席茶头是利休。远地而来的人都希望一品闻名天下的第一茶人利休所泡的茶。利休也毫不厌烦地一一泡茶招待。这个时代，茶道已扩展到商人阶级之间，但茶会上也能看到穿着粗陋的百姓和小孩混在商人中，排着长队想喝到利休的茶。利休曾为许多贵族或大名泡茶，他独特的美感吸引了出身高贵的人们，但此时在户外的茶会中也不计身份，愉快地为农民和农民的孩子泡茶。

“不愧是关白丰臣秀吉大人哪。从没见过这样大胆奢华的茶会。”

听到茶会的传闻，专好与专武也来到了北野天满宫。

在松原各处设置的茶席已聚集了很多人，大家的脸上都是笑容。

“啊，看到了看到了。兄长，利休大人在那儿呢。”

专武在人墙后面蹦蹦跳跳地说。

专好也跳起来两次，看到确实是利休。利休四周被许多人围着，正依序泡着茶。

“利休大人真不可思议。平时面对名震天下的大名，非常严厉，一步也不退让，现在却十分轻松，打心底高兴地为商人和农民泡茶。”

专好很欣赏不摆架子的利休，自己也时常觉得应该如此行事。

专好在京都虽是“插花名家”，但外表却很普通，他若是混在人群中，恐怕只有十分熟悉的人才认得出来。

“专武，虽然很想喝利休大人的茶，但看这群人，是不可能了，我们走吧。”

“是啊，我们到那边看看就回去吧。”

专武边回答边掉头返回来时的路，这时却听到了中气十足的呼唤。

“喂……喂……”

这声音听来耳熟，两人转过身，看到利休正向他们挥着手。原来利休眼尖，发现了两人，所以出声呼喊。兄弟俩也用力地挥手回应。

“真是欢迎。”

“啊呀，盛况空前，真是恭喜您。”专好衷心祝贺道。

“专好大人，正好您在场，可不可以为我们展示一下池坊的立花？”

民众骚动起来。站在最前面的女孩儿大声说道：

“啊，是专好伯伯，是池坊专好伯伯！”

女孩儿原来是六角堂附近和果子店店主的女儿阿季，她从小每天早上都到六角堂拿剩下的花。

“啊，是阿季呀，你也来啦。长这么大了。”

"我也十一岁啦。专好伯伯您要插花吗？插吧插吧，我最喜欢您的花了。"

专好伤脑筋地用右手摸着脖子。

紧接着阿季的话，一位刚上年纪的男人也说道：

"您是六角堂的池坊大人吧，我也想看看您的花呢。"

之后，在场的人也你一言我一语地说了起来。

"真想看，真想看呀，专好大人，请插花给我们看看吧。"

"专好大人……"

在祭典的气氛下，人们都纷纷要求专好插花。

专好红着脸，苦笑着望向专武。专武则高兴地笑了起来，敦促着专好：

"看样子只好从命了，兄长。"

专好刚才就十分钦佩不论来人是何种身份，都泡茶招待的利休。在这样的气氛之中，他也不自觉地想起插花来了。

"好，利休大人，我来试试吧。"

利休高兴地点了点头。

"真是对不起啊，但话说回来，这么多人希望看看插花，也不好拒绝吧。"

"太好了太好了，专好伯伯加油。"

阿季鼓励着专好，周围的群众也喜悦地拍手。专武看到此情此景，知道兄长的名声已经传播得如此之广，很是感动。

花材也没有太大的问题，只要在天满宫取一些自生的花木添补就足够了。当专好向帮忙收集花材的人说明取哪里的松的哪条枝干或哪里的哪朵花时，观众们都大大吃了一惊。专好知道哪里有哪种花，甚至还知晓其中哪根枝条适合取用。因为他已锻炼出可以时时找出好枝条的眼力，就连刚才走在茶会会场中也在观察，并看中了好的材料。这已成了专好的习惯。

住在天满宫附近的人提供了花器，是非常好的铜器。

“六角堂的专好大人要插花啦。”

传闻一下就散播开来，不一会儿就围了好几层的人墙。

用长凳简单搭起的舞台上铺着红色的毛毯，花器和花材也都到位了。终于，专好登场了。

对专好来说，像这样在群众面前插花也很稀奇，而且这里的人几乎都是第一次看到立花的插立过程。

专好对花器行了一礼，深深吸了一口气，先拿起了松枝。

北野天满宫的松原吹着秋天澄澈的风，空气凛冽。观众们都被适度的紧张感所包围。

专好如平时一般将枝条举起，像与松枝对话一样转着枝条，并从各个方向观察，一旦定好角度，就用柴刀敲砍松枝的根部，插入花器中。当第一枝“真”的部分完成后，再依序进行下一个部分。

专好插花的动作跃动如舞，整理枝条，调整姿态，从手边桶里的枝条中选出适合的一枝，再剪去多余的枝叶，动作十分利落，好似知道最终答案一般。

专好精彩的手法着实吸引着众人。对不知如何用花剪、锯子与刨子等工具的人来说，光是看一看就惊奇连连。目睹这样稀奇的光景，观众连连发出感叹之声。

“什么事这样热闹？”

此时，前田利家碰巧走过这黑压压的人群。

“大人，这是六角大人，不，是六角堂的池坊专好大人在插花呢。”

人群中的一人说道。

“什么，是专好大人吗？”

利家伸长脖子望向人墙的那一侧。

“哦哦，真的是专好大人哪。”

说到这儿，利家分开人墙，走到最前面，看到利休坐在那里。

“啊呀，利休大人您也在。到底是哪位把专好大人拉了出来？”

利家小声问着利休。利休笑了笑，默默指了指自己。

不知从何处传来了笛声和鼓声。好像哪儿有人在跳舞。

人不知不觉越聚越多。后面有人拿着台子垫脚，也有人爬到树上，都想看专好插花。

利休专注地看着专好插花，又转向利家说道：

“真是天赋之才。常人一见不过是杂然茂密的草木，他却能从中编织出美丽。这种美是生命的美、个性的美，所以与书或器物有着根本的不同。不是从无中造有，而是从有中生有。只要经过专好大人一碰，任何草木都会发出生命之光。甚至连枯萎或生命即将结束的草木也是如此。不，应该说正因为生命将尽，为了实实在在地燃烧生命，草木才更激烈地发出光辉。池坊专好是真正的花人呀。”

专好用松、芒草、若松、龙柏、羊齿、抚子花、枇杷叶插了宽超过六尺、深五尺、高十尺的大立花。之后将开始转红的红叶长长地加在立花的左侧，再慢慢观看，调整整体的姿态，最后向作品行了一礼。

此时围在舞台四周的人一齐站起，大声鼓掌叫好。专好因为专注于插花，没有注意到自己竟被这样一大群人围着，呆愣了一下。观众的喝彩并没有停歇。

专好一改插花时的神情，恢复了平时低眉垂目的模样，摸着头，像要掩盖自己不好意思的表情一样。观众见此情景，欢呼的声音更大了。

“专好伯伯，让这里的人也看看您的花吧。”

阿季说道。这十一岁的女孩儿也知道立花是要从正面观看的。

“知道了，我照顺序把正面转向各位。”

弟弟专武代替专好答道，扶转着花器展示给周围的观众。当花的正面转到哪个方向，那个方向的观众就是一阵欢呼。

利休走向专好。站在人群中，利休的身高非常显眼。

“专好大人，请原谅我突如其来的无理请求，但您看看，观众都十分高兴。不论身份高低，大家都醉心于您的花呢。”

“啊呀，利休大人，是托花材的福。想不到竟聚集了这样多的人，我都紧张起来了。”

专好一直都是谦虚率直的。不一会儿，北野天满宫的神官找到专武，原来是希望花可以供在本殿之中。

“专武，我没有意见，就让花供在殿中如何？”

专武用力地点了点头，开始向神官们说明起来。

品尝利休的茶，欣赏专好的花，京都的民众深深为两位天才的竞演所吸引。欢呼声仿佛永不止歇。前田利家坐在稍远的地方，看着这般情景，两眼流下泪来。

一场接着一场的战争，到目前为止流了多少血。自己也在生死之间忘我地奔波，挥动着长枪，挣扎着活下来，却也杀了很多没有罪孽的人。

而这是什么呢？这场宴会中，朝廷贵族、武家、商人、百姓，每个人都可以品茶观花，仿佛太平之世已然到来，在这京中、在自己眼前呈现。

“战乱之世就要结束了，信长大人。”

利家静静地望向秋日晴朗的天空，希望今天的茶会能持续到永远。

然而，预计举办十天的茶会却突然一天就告终了。当然，下决定的是秀吉。

大茶会初日，秀吉一早就十分来劲。除了在茶会上展示许多引以为傲的茶道用具，甚至将黄金茶室送进了北野天满宫的本殿中。茶会的参加者惊讶地看着这金灿灿的茶室，感叹不止。秀吉躲在柱子后面偷看这一幕，说道：

“三成，看见了吗？连京中的商人和百姓都吃惊啦。啊呀，让他们更吃惊一点，称赞秀吉大人真不愧是关白，然后传出去，让人更加赞叹，说真不愧是关白秀吉大人哪。”

秀吉心情大好，也亲自泡茶招待民众。到了下午，秀吉散步观看户外各处的茶席。为了不引人注意，他扮成茶人，只带着石田三成与几名随从。信长过去曾在京都举办马匹队伍阅兵，那壮观的情景让京都民众都沸腾起来。秀吉想以自己的方法获取京都民众的心，也想亲眼确认。

秋日的天空十分晴朗。对秀吉来说，战时总是多雨，但今天却晴朗无比，就更觉得舒服了。

户外的茶席上，不论身份，每个人都高兴地喝着茶。

很高兴吧。京都的人们都在享受我办的茶会呢。

秀吉边走边这样想着。

此时，他看到一大群人聚在一处，那是利休茶席的所在。许多人围着利休，利休正在笑着。那是打心底高兴的笑容。

利休竟也会这样笑啊。

秀吉看着愉快的利休，十分诧异。

“哦，真不愧是天下第一的茶人，真受欢迎。”

他嘴里是这么说，但三成却察知了秀吉的内心。三成像是在试探秀吉的想法般说道：

“是呀，我也是第一次看到利休大人这样笑。”

“嗯。”

秀吉点点头，摸了摸胡子。

三成讨厌利休，但利休身为茶头，与大名都有深交，一些大名甚至还是利休的弟子，听从他的指导。不说建造黄金茶室一事，三成早就看不惯利休将关白秀吉当成傻瓜般的言行态度。总而言之，他忌妒秀吉对利休的赏识。

今天茶会的主角可是关白秀吉大人!

三成怒火中烧，忍不住如此说道：

“这笑脸，好像自己是茶会的主人一样！”

秀吉摸着胡子，深深吐了一口气。

“说起来，利休在平时也藐视秀吉大人。”

此时，三位衣着漂亮的年轻姑娘走过秀吉身边，三人的声音传到了秀吉耳中。而紧靠着三人一同前行的，还有阿季。

“哎，看了关白大人的黄金茶室了吗？”

“看了看了，但是真不知哪儿好。”

瞬间，三成眼睛一亮，欲将手伸向姑娘们的肩头，但秀吉却抓住了三成的手，向他摇了摇头。

姑娘们继续说着：

“比较起来，还是利休大人更好。茶也好喝，是京都的品位。”

“是啊是啊，关白大人那间黄金茶室，简直是乡下人。”

“对对，真没有品位。”

“关白大人是只猴子嘛。”

“哈哈哈哈。”

三成窥了窥旁边秀吉的脸，他右脸颊的肉微微地跳着。秀吉竖起耳朵，拼命听着姑娘们说的每一句话。

“真的真的，是猴子、猴子。”

最年长的姑娘模仿着猴子的脸，引着另外三人发笑。

可不能再听下去了!

三成如此直觉，便小声向秀吉说道“请走吧”，催促着秀吉离开。但与此同时，阿季开口了：

“我忘也忘不了利休大人的茶和专好伯伯的花，真是太好、太好了。”

秀吉听罢，脸上的肉抽搐得更厉害了，他额上浮出的血管证明怒气已冲上头顶。已经到了极限。秀吉两手握住扇子，一折两断。

“专好的花？专好是什么人？”

秀吉用气极而颤的声音喃喃说道。

“小人惶恐，此人应是下京六角堂的住持，池坊专好。”

回答的是此日恰巧担任秀吉警护的下京监警林田新兵卫。这男人相貌粗鄙，无时无刻不在谋取出世的机会，周围的人对他的评价都不佳。

“说到六角堂，确实是插花的寺院。”

“是，每天早上都有许多百姓前往观看插花。”

“……”

秀吉摸着胡子，不断舔着下唇，充血的眼睛瞪着人墙里的利休，过了一会儿，开口说道：

“三成啊。”

“是。”

“不办了，茶会到今天为止。”

“是……您说什么？”

三成听到秀吉出乎意料的话，怀疑自己听错了。

秀吉的脸越来越红，额头上又浮出了几条血管。

“不办了不办了！气死我了，我说全都给我取消！”

他边说边踢飞了脚边的几根松木。

“是是。”

三成接令，慌忙离开。

事情大了，事情大了。

他一边想，一边却掩不住嘴角的笑。

这个利休，你自掘坟墓了。

炎热的夏日结束，京都的秋意一天比一天更深，冷彻心肺的严冬也逐渐接近。三成抬头望向转为黄色或红色、终将叶落的树梢，想：

青绿茂盛的叶子也终会落下。

秀吉与利休的良好关系也迎来了终焉。

第九章

北野大茶会之后，利休继续在茶道的路上摸索探究。

他的茶室变得更狭小，茶具更简朴，而茶碗也喜欢用质地如土般粗犷的黑乐茶碗。利休的茶越来越朴素沉静，进化到一个谁都无法追随的境界。

将多余减到极致，才能看到真切。利休继续着他的思想与追求。

早晨的六角堂聚集了许多听了大茶会评价慕名而来的人。京都的传闻总是传得飞快。“这里就是传闻中池坊专好大人所在的六角堂啊”。听到关于花的评价，专程从远地而来的也大有人在。

“兄长，今天也从一早就聚集了大批民众。”

专武数着寺中的人，聚集而来的人已超过百人了。

“不是为了西国灵场巡礼，我看是为了兄长您的花。”

“哦，这不是很好吗？大家愿意前来，真是感激。”

专好这样说着，和平时一样在本堂插着花。虽然背后有群众围观，但只要面对着花，他便不会在意。注意力能够如此集中，证明专好心中完全没有虚荣，而是以无欲无求的状态与花相对。从北野大茶会上利休的举止中得来的经验，使专好飞跃一般成长。

天正十七年（1589），秀吉的侧室淀夫人为他生下嫡子鹤松。秀吉老来得子，非常高兴。

当时，秀吉麾下的大名默默开始了权力斗争，大致上可分成德川家康一派与石田三成一派。

而利休就身处这旋涡之中。得到秀吉信任的利休早已超出茶道师匠的范围，对政治也有很大的影响力。借由茶道与各大名的交流，在某种意义上也可以说是政治情报的交换。秀吉的意思经由利休在茶席上传达给大名们，而大名通过利休对秀吉转述陈情之事也屡见不鲜。

如此一来，利休的发言便十分重要。对石田三成的亲信们来说，独一无二并且可以对秀吉表述意见的利休是个危险的存在。这是因为三成一派认为利休给大名们出主意，并计划拉拢有力的大名。

“身为一名小小的茶头，居然敢……”

但利休本人却根本没有这样的念头，只希望专注于茶道。他也曾想过要辞去秀吉的茶头一职退隐。而这退隐的念头不仅仅是因为对茶道的专注，还有与秀吉之间产生的摩擦。

秀吉性格自私，不时生气发火。但他对美的感觉却十分率直，对利休创造出的美毫不做作地去感受，也时常夸赞利休，并侧耳倾听利休的陈言。不过，北野大茶会后，秀吉的态度就变了，所有关于利休或出自利休的话，他一概不应。而利休也觉得这没有什么。

“秀吉大人终究还是不了解啊……”

来年，秀吉继续朝着统一天下的目标进发，开始进攻关东北条氏的居城小田原城。在小田原城之役前，发生了一桩事件。

秀吉在战前因为无法平静，便到了利休的茶室，想要喝茶。

利休一如往常，流畅地泡着茶，接着将盛茶的黑乐茶碗递到了秀吉面前。

这一点激怒了秀吉。

“这家伙，做了这么多年我的茶头，居然不知道主君我的喜好？”

利休没有回答。

秀吉又说道：“回话啊，利休。我的黄金茶室和你的草庵茶室，哪个更美？说！”

这一句话成了二人决裂的关键。

在利休心中，与秀吉是主仆关系的意识其实十分稀薄。在那个时代，被主君这么一问，通常都应该将主君放在第一位，先谢罪才是。

但利休不道歉，甚至一点也不觉得惊讶或恐惧，眉眼不为所动。

对无视自己的利休，秀吉又问了一次。

“我的茶室和你的茶室，哪个美？利休，说！”

秀吉双目充血，脸上表情仿佛要即刻斩杀眼前之人。同席的军师黑田官兵卫慌忙向利休说道：

“利休大人，快些谢罪啊。”

利休也知道，只要道歉，秀吉应该会原谅自己。但他没有道歉。

利休直视着沸腾的茶釜，继续沉默着。只有水沸的声响回荡在茶室中。秀吉咻地站起身来。

“利休，你的茶寒酸之至。”

秀吉喃喃言道，出了茶室。在拉门后候着的石田三成也站了起来，看着利休。而利休还是盯着茶釜。三成歪了歪嘴角笑了笑，迈步追在秀吉身后而去。

秀吉为攻取小田原，将本阵设在箱根汤本的早云寺。

这早云寺中有一位名为山上宗二的茶人，与利休同样出身于堺。宗二是利休的高徒，过去一段时期也当过秀吉的茶头。宗二的个性是想到什么便不加修饰，有话直说。他因为批评当时作为社交手段十分流行的茶道“非为茶之道”，向秀吉进言，却招来秀吉的怒气，被逐出京都成为浪人。之后来到小田原跟随北条氏，并在这一带推广茶道。

为了进攻小田原，秀吉与利休来到早云寺。宗二为见利休一面，不顾危险躲开包围，终于见到了利休。

利休十分高兴，说了许多长年累积在心头的话。不知是否因为谈起从前，激起了怀念，宗二向利休提出想见一见过去的主君秀吉。当时，突然提出谒见是不可能的，但利休替宗二办到了。

秀吉见到了宗二，也很高兴，特意办起了茶会。秀吉心情非常好，想让过去的事付诸流水，便提起想再次录用宗二。

不过，宗二对追随过的北条幻庵有义理情分，到最后都不肯接受秀吉的录用。

秀吉不禁发怒骂道“你就这么厌恶我吗”，当天便削去宗二的耳鼻，将其斩首。

先前还和自己说着话的弟子，就这么死了。利休大受打击，觉得都是自己的责任。

如果我不安排宗二和秀吉见面的话，他就不会死了。

利休心中有了自戒之意。

过了一些时日，秀吉出兵小田原，命令带上利休出阵。利休虽提出辞去茶头一职，但当然没有获得允许。战场生杀的每一天对利休来说都十分难熬。

七月五日，小田原之役决定了胜败，此战的结束意味着秀吉一统天下。终可归京的利休心中许久没有这样晴朗过了。

真想见见专好大人，真想看看专好大人插的花。

利休心里这样期待着。

利休回到聚乐第前，先去了六角堂。此时刚好过了正午。

多久没来了呢？

进了六角堂的山门，六角柳迎接着经历过漫长旅途的疲惫的利休，浓绿的长长低垂的枝叶随着初夏的风轻摆。此情此景和从前一样。这个时节，已经能听到蝉声了。

利休向本堂走去。

本堂里供着专好今天插的花。利休擦干脖子上的汗，正了正衣襟，吸了口气向花望去。

“啊啊……”

他发出感叹之声。

“专好大人，您真是了不起啊……”

此立花之“真”用了柳枝，仿佛吸满了初夏的氛围，弹跳跃动，作品有着专好的风格。

利休想起以前专好说过的话：

“辛苦难过的时候，花默默陪伴在身边。草木一旦扎根，就无法移动，无论雨淋风吹都丝毫不动，只能在命中注定的地方拼命生长。所以草木都鼓起劲儿，伸展枝梢，想要活下去。这姿态让人感动，也带给我们勇气。”

真想像花一样自在伸展，不改变自己的信念而活啊。您说是吧，专好大人？

利休这么想，无疑是因为秀吉的压力。

但是看到花，仿若从花中获得了力量，他觉得又恢复了精神。

正当利休要离开六角堂时，从以前和专好练习插花的道场传来了令人怀念的声音。

“阿民在哪儿？阿民？”

声音慌慌张张的。远处传来了阿民的回应。

“阿民，丰重这小子还没回来，插花的练习都要开始了，真是不能饶了这小子。”

专好的儿子丰重已经十五岁了。想必他正在带着儿子进行僧侣的修行与插花的修炼吧。

想不到专好在家里，也是个因为孩子调皮而伤透脑筋的父亲。利休脑中浮现出专好低眉垂目的和气笑脸。他想见见专好，想必专好见到自己也会很高兴吧。但是利休压抑住了这种心情。

专好大人，抱歉，如果在这儿见面，或许会让您卷入一些麻烦。

利休的担忧是正确的。从小田原开始，就有三成的人暗中跟着，入京后，监警林田新兵卫也躲在暗处看着利休的一举一动。

利休努力想忘了在小田原发生的事。但那段记忆却以最糟糕的形式又被带到眼前。原来，小田原之役时的阵营早云寺被秀吉放火烧光，寺宝皆被掠夺至京都。听到这个消息，利休感到恶心，没有办法压抑自己对秀吉日益加深的嫌恶。

天正十八年（1590）年末，两桩嫌疑突然降到利休头上。一件是一年多以前的事了。受利休捐赠私财的大德寺山门上放着一尊利休的木像，这木像现在成了一桩公案，使利休受到弹劾。穿着雪屐放在山门上的木像，就好像踩着从山门底下经过的关白大人与敕使，这是犯了谋逆之罪。但放这木像的不是利休而是大德寺，可以说是欲加之罪。

另一桩则是利休被控买卖茶器获取不当利益。这也成了一桩罪名。

这是石田三成设计的吧？

利休这么想，但他却不申辩。

因为他觉得自己清清白白，若慌忙开脱，反而显得奇怪，况且任谁一看，也知道这是栽赃嫁祸。

谣言也传到了专好耳中。

“利休大人断不可能如此，一定是有什么误解，不久一定会澄清的。”

专好相信利休。人们传闻这是关白秀吉为了扳倒利休，所以才寻出这些无凭无据的事要陷害他。

“兄长，利休大人会没事吧？我听说这争执的对象是关白大人和石田大人，总有不好的预感。”

专武不安地说道。确实，今天倘若与此二人为敌，怕真是没法保命了。

“不要紧的。利休大人有这么些大名弟子，一定会帮他的，没事。”

不向关白大人道歉，这真像利休的为人。但是利休大人，倘若真死了，就什么都没了啊。

专好只能插花，以自己能做的事为利休向观音供花祈祷，每天早晨都使尽浑身之力，毫不间断，但是情况并没有好转。

我的花也无能为力了吗，利休大人?

什么忙都帮不上，专好十分焦急。

细川忠兴等数位大名是利休的弟子，十分敬爱自己的老师。他们前来晋见秀吉。

“关白殿下，请饶恕利休大人吧，大人不是这样的人，这您也是知道的呀。”

但秀吉一旦话说出口，就没人劝得住，何况倘若众人皆为利休求情，说利休没有不是，秀吉倔起脾气，心情更坏，就不好了。这时的秀吉在众人眼中已是个发起怒来不知会说什么、做什么的恐怖人物。如果还对此事咬住不放，下一个遭殃的恐怕就是自己。再加上背后设计此事的很明显就是石田三成。

“三成这家伙居然蹬鼻子上脸了。”

为利休求情的武将们感到难以言喻的失望，同时也加深了对石田三成的不信任与憎恨。

第十章

天正十九年（1591）正月。这年的正月比往常还冷。

京都的严寒从脚底直钻人心。因为秀吉统一天下和推动创造新京都的活力，大街小巷在源源不绝的热闹气氛中迎来了新年。

很多新年的香客来到了六角堂。在下京地区，大部分香客除了去东山的祇园社，就是到六角堂参拜。今年更是特别，因为专好声名远播，所以香客络绎不绝。

但对专好来说，这是个气氛凝重的正月。

“只要利休大人的嫌疑没有洗清，我就没有新年。”

他从这个正月开始戒了最喜欢的甜食，想着深受嫌疑所苦的利休，默默插着花。将一切看在眼里的专武也把自己喜欢的东西戒了。

“我也戒到利休大人平安无事之后。”

但专好觉得利休是不会道歉的。对自己的审美这样坚持的人，怎么可能为此折腰呢？只有相信得救的奇迹发生了。

前田利家抱着一丝期待，希望新年之后，利休的想法会有所改变，他带着这种想法造访了利休的住处。

利休的茶室已提前生火，所以利家抵达时，室中已十分温暖。利家进到茶室与利休对坐，他探出身来，对利休说：

“利休大人，总而言之，向关白大人道个歉吧。只要道个歉就好，这样关白大人一定会原谅您的，仅仅如此而已。关白大人最近是太执拗，但您不必把命都赔上去，死了就什么都没有了。”

利休淡淡地泡着茶，向利家说道：

“前田大人，您如此担心我，我很高兴。但我什么也没有做，什么也没做却要道歉，这不是于理不通吗？再说……”

利休按着规矩倒茶入碗，将质朴的黑乐茶碗递向利家。

“挥舞着权力，什么都用权力制压，我怎么也无法认同这样的秀吉大人。前田大人，您也知道大坂城的黄金茶室吧？”

“当然知道。那是象征关白秀吉大人的茶室。”

“那样强调自身权力的茶室，已然失去茶道的本质了。”

利休十分严肃。利家看到利休与平时不同，不禁困惑起来。利休语气渐渐激昂：

“那若是秀吉大人认为的美，那么便与我追求的美大相径庭。我不需要华丽装饰和骄傲自满，因为越是精简，最重要的东西就越能显现出来。”

利家默默点了头。

“您终究还是与秀吉大人不相容。”

利休递出茶，轻轻行了一礼后，就立刻转向正面，深深叹了一口气。利家拿起茶碗，仿佛要确认温度一般，用他的大掌将茶碗包起。利休继续说道：

“我认为我与秀吉大人追求的是不同的美，这也是可以的，毕竟人皆不同。但是，秀吉大人却傲慢地强迫别人遵从他的‘美’，全然否定了我。”

他深深吐了口气，又吸了一口气。

“若在此时道歉，我便不再是我，我的美与茶道会遭致否定，也代表我承认这种否定。所以我无法道歉。”

利休说到这里，沉默下来。他拼命忍耐着这些积累的情绪，利家也看到了他肩头微微发抖，最后没有再说什么，便告辞离去。

“利休大人，这次您为守护您创造出的美而不惜赌命一战。这是与天下的关白秀吉大人的一对一之战哪。”

数日后，秀吉命令将利休禁足于堺。

天正十九年二月十三日早晨，利休要出发到堺，妻子宗恩随行。利休跟随信长时与宗恩再婚，她是最了解利休茶道的人。

“宗恩哪，我有东西要给你看看。”

“是什么呢？”

二人结为夫妻已二十年，其中风风雨雨，不能说过得平稳。丈夫追求探究美，宗恩的人生自然多有忍让，但正因如此，两人才更了解彼此。利休虽不言语，宗恩也能知晓他的本意。

“他已有赴死的觉悟了。”

宗恩知道利休绝不会向秀吉道歉，所以她什么也不说，说了反倒会让利休更苦恼。

利休对三成派出的监视人说道：

“离京前，我希望参拜六角堂的观音菩萨。”

宗恩听罢，温柔地笑着说：

“是您曾提过的池坊专好大人的花吧。”

专好一早就到六角堂本堂插花。这天也十分寒冷。

专武得了风寒，还在睡着，这天只有专好一人在堂中。

寺院内冷风呼啸，虽然天寒地冻，一早仍聚集了许多香客与看花的民众，十分热闹。

专好搓了搓冻僵的手，开始插起花来，立了一枝便搓起手，然后对两手呵口气，再拿起花剪。六角堂池中都结了薄冰，可以想象天气是多么寒冷。

利休从六角小路进了山门，向本堂走来。

他站在本堂正面，看着专好的背影，静静观望了一会儿。高大的利休身旁站着娇小的宗恩，她也看着专好。

专好与平时一样，将枝条高举，毫不迟疑地剪去多余的枝叶，插立于瓶中。

果然极具眼力呀，在我看来不过是杂木，但其中饱含的生命之美，这位却看得真真切切。

利休表情温和，宗恩窥了窥利休的神色，心想：

在家时明明一直是严肃的表情……

宗恩直率地觉得不甘心，但又十分高兴。丈夫完全知道什么是美，现在正接触着与茶道不同的花道之美。这温和的笑容恐怕是因为看见了自己无法创造的美吧。利休身为茶人，一点也不为旁物所动摇，而现在，眼前出现了可以让他如此憧憬的人物，这是多么值得高兴的事。

专好今天的立花，以梅为“真”，嫩枝依着气势伸展。正当作品接近完成时，他突然不动了，像是在犹豫是否要剪去这根嫩枝。

利休笑了笑。

专好大人也有犹豫的时候啊……

专好抱着胳膊，歪着头，在想是剪还是不剪。但当他弯腰要剪去这枝条时，宗恩出声道：

“别剪别剪！”

利休皱了皱眉，专好被声音吓了一跳，望向这边。他在人群中看到了笑容和蔼、身材高大的利休。

“专好大人，许久不见。您的立花不论什么时候看都十分精彩啊。”

“利休大人！”

专好不由自主地站了起来。

啊啊，利休大人来了。

利休的表情和从前相比一点也没有变化，而在利休身边，宗恩红着脸频频低下头来。

专好快速收拾整理后出了本堂，冷风吹拂过他的身边。

“利休大人，我吓了一跳。我听到那嫌疑的谣传，您真是受苦了……”

突然见到这几个月一直担心的人，专好没法好好说话。

看到利休没事，和从前一样站在自己面前，他也有些愕怔。

“专好大人，吓了您一跳，真是对不起，这是内人宗恩。”

利休轻轻拍了拍宗恩的肩膀，催促她问候。

“别在外头说话，我们进屋吧。”

专好领两人进了道场，这是从前和利休桌并桌一同努力练习插花、充满回忆的地方。

专好让利休坐在过去他常坐的拉门旁。利休和宗恩慢慢看着四周，专好则默默看了看利休的表情。利休充满怀念地望着窄而长的道场。

两人不言不语，只是静默着。利休看上去虽然没变，但仔细看来，因为太过烦扰，他的眼下都黑了一圈。

利休静静开口道：

“我将要途经伏见到堺去了，这是禁足的命令。”

利休平静但清楚地说道。专好也明白了他话中的含义：今天或许是最后一次见面了。想到利休在剩余的有限的生命中仍要前来相见，专好的心就像被碾碎一般。

“我了解宗恩夫人希望我不要剪断梅花嫩枝的理由。”

想必在宗恩夫人的心中，将利休往后的结局与剪断枝条的酸涩重合在一起了吧。专好心中一热。

“利休大人，您不能向关白大人道歉吗？”

虽知不可能，但还是要说，同样是追求探究美的人，要专好对利休提议屈就信念去折腰道歉也是难事，就算是自己也做不到。但只要道歉就可以拯救性命，没有什么事需要赌上性命，这样的妥协是说得过去的。

“专好大人，您的心情我非常感激。但这场仗，我说什么都不能输。”

一滴泪落到利休紧握着的拳头上。

在沉默中，专好想起了在清洲城初次见面的往事。当陷于骄傲时，他都会想起清洲城中利休说过的话，引以自戒。利休对自己来说是重要的存在，看到他落下泪来，专好感到无法言喻的愤怒与不平，对秀吉的怒火腾腾涌起。

“利休大人，您不是一个人，我也在，我与您并肩而战。”

静悄悄的道场中，两人静静地面对面坐着。宗恩紧咬着下唇。

此时，六角堂的钟声响起，告知下京一带午时已到。

“利休大人，请您启程吧。”

监视者对利休说道。

专好领着利休与宗恩再次来到本堂前，三人一同眺望着花。专好期待利休看到满溢着生命感的花朵，想法会有所改变，但利休反而以毫不混浊的目光凝视着花。看到这副模样，专好知道他已下了决心。正当专好这样想着，利休开口说道：

“专好大人，刚才最后那一枝，请您还是不要剪，留着吧。”

他是说宗恩希望别剪的那一枝。利休柔和地看着宗恩，宗恩臊得低下了头。专好心想，利休的人生无时无刻不在追求美，而宗恩紧紧相随，这是他对她的致谢。

“我知道了，我会留下的。”

专好回答道。监视者为催促利休走了过来。利休看时间所剩不多，要向专好道别，但专好却大声盖过了利休的声音，说道：

“那么，利休大人，再和大家一起练习立花吧。到时候我会为您准备最好的一枝松。”

想起那练习时争夺松枝的寒冬时节，利休的嘴角稍稍松弛下来。

“好！专好大人，我一定来，到时一定不输给您。”

利休抬头看着云层中照射出的冬日阳光，这样说道。

利休与宗恩轻轻行了一礼，向山门走去。望着高大的利休与娇小的宗恩并肩而行，专好流下泪来。

“利休大人……”

专好望向利休刚才眺望的天空，厚厚的云层开始散去，露出碧青的天空。春天已然来到。

利休大人，您不是一个人，我也在，我也要奋战。

二月二十五日，大德寺山门上的利休木像被曝晒在一条戾桥的桥头。这是秀吉对利休发出的“若不遵从，就是如此下场”的警告。传闻四散，京都弥漫着不安的气息。

接下来的二月二十八日，前一天就下起大雨，刮起大风。利休宅院四周包围着数千名警备兵士，这是为了防止大名们前来救助利休。

利休接到命令，从堺回到京都。现在他在自宅的茶室中。壁龛里的古器插着茶花。

利休平时重视花蕾，他和专好一样十分喜欢花蕾。因为花蕾给人“明日绽放”的希望。满开的花剩下的只有凋谢，而结了果实则代表终结。

专好大人，若是您，会怎么做呢?

利休边将茶花放入花器中，边想起在清洲城遇上专好、争夺松枝练习的日子与北野大茶会中精彩的即兴之花。茶道与花道的世界虽然不同，但可以一同欢畅地谈论美，利休非常感激。

专好大人，我真想再一次看看您的立花啊……

秀吉派来的使者到了茶室。

“利休大人，时候到了。”

利休为这名使者仔细地泡了茶。

使者喝了茶，没有说一句话，但脸上落下一行泪，利休觉得欣慰。使者看见了壁龛中插着满开的白茶花。

“那么，我们走吧。”

利休站起，出了茶室。此时又回头一望，确认室中的摆设，如同确认自己一路走来的茶之道。

我虽殒命，但我的美决不会消失，永远不会。

他如此想后，切腹自尽。

利休不顾多名武将的恳劝，到最后也坚不道歉而赴死，他向世间表示了他不认同秀吉的美，也斥责秀吉的傲慢。此时的京都像是哀悼利休之死，降下了雷电与冰雹，喜爱茶道、追求美之人皆泣声不已。

切腹之后，利休的头被曝晒在一条戾桥，这是秀吉的命令。

听到传闻，专好命弟子携着花笼，与自己一起急急奔向一条戾桥。这天京都下着冰冷的雨。称不上宽广的堀川河畔已聚集了许多人，人们口诵经文，凭吊死于非命的茶人。

专好上气不接下气地跑着，他无法不跑，他想借着在雨中拼命奔跑消减心中的痛苦。想起利休最后造访六角堂时流下的泪，他着实感到利休的冤屈。

终于看到桥头的人群了。专好在人墙前停了下来，他气息紊乱，肩头耸动着大口喘气，不仅腹部疼痛，湿透了的衣服上还冒着白汽。在场的人看到这位僧人，口中纷纷喃喃不已。专好调整呼吸，望着落雨的天空，天空模糊不清，是雨还是泪呢？

这时年轻的弟子们才赶到。

“好。”

专好轻声说道，拨开群众向前而去。到了前方，他看到了一生无法忘却的光景。使利休背负嫌疑的大德寺山门金毛阁上的利休木像被钉在木柱上，被千刀万剐，而利休的头则被踏在木像的脚下示众。

“利休大人……”

专好站不住了，当场跪下去，双膝着地，忘了自己是僧侣，是六角堂的住持，大声号泣起来。众人看了，有吓得后退的，也有景仰利休的人因为专好的悲伤，忍不住哭了出来。

不断落下的雨，洗去了满溢的泪水。哭了一会儿，专好平静下来。不，不是平静。他压抑着悲伤，愤怒从心头涌现。

专好爬向利休的头，说道：

“利休大人，您一定很冤哪。”

说着，他将白布盖上利休被暴露在众目睽睽之下的头颅。虽然很有可能被一旁的警卫制止，但专好还是要如此做。盖好白布后，他才算平静下来，对秀吉激烈的怒气也一时按捺住了。专好在白布前合掌。

“利休大人，您这仗打得好。”

专好用谁也听不见的声音，喃喃说道。他取出竹花器，放在白布前。

“利休大人，您虽然已离世，但您的茶之道，还有您创造的美将成为永恒。这场仗，是利休大人您大获全胜。”

专好将六角堂早开的一枝樱花插在竹器中。他希望已升天的利休可以看到，所以选了一枝在寒冬中拼命积存力量、枝梢伸向天际的樱花。

当樱花插立于花器中时，不知不觉中，下个不停的寒雨已停歇。

樱枝上膨鼓的花蕾带着满满的希望，而今朝绽放的一朵樱花正意气扬扬地立在枝头。

第十一章

天正十九年春，晴朗的蓝天持续了好几日，东山连绵的山峰之间，山麓都染上了樱色。

利休切腹之事一下就传遍了京都，街上的人们都说“激怒了关白秀吉，利休大人真是可怜”。

“啊啊，今天也没有花呀。”

每天都来六角堂参拜的十一屋吉右卫门，这天也失望地回家去了。

本堂中虽供奉着樒草[1]，却没有专好的花，这情形已经持续好些日子了。

“专好大人到底怎么了呢……”

利休逝世已过了一个半月。对专好来说，这段时期是人

① 日本莽草，用于制香供佛。

生的最低谷。

人生中第一次失去了插花的力气。不仅如此，做什么都提不起劲。住持的工作已委托他人，若有来客，也以身体不适为由谢绝见面，饭也没有好好地吃。专好几乎不言不语，心情郁闷地度过每一天。

看得出，利休的死对他有极深的影响。

那天在堀川一条戻桥桥畔向利休的亡首供上樱枝后，专好就没有办法再拿起花剪了。因为插花时只要一想起利休的冤屈，便怎么也无法剪下花草。以吉右卫门为首，每天期待专好插花的民众们在翘首盼望之外，实在是担心。专好虽无法明讲，自己也知道给家人和身边的人带来很大的痛苦，然而手就是没办法动。因为利休的死，支持专好的大柱已折断倒下。

眼睛凹陷下去，脸也瘦削了，本来就纤瘦的专好显得更加弱小。转眼间，已到了利休的断七之日。

这是断七第二天的事。六角堂寺中有自古供奉圣德太子二岁像的太子堂，虽是简朴的寺堂，但因为对圣德太子的信仰，参拜者众多。这一天早晨，朝雾尚未散去之时，太子堂前便聚集了许多人。渐渐地人越来越多。最早发现这情景的是专武。

“兄长，太子堂前聚集了许多下京的民众，是有什么事情吗？”

“有什么事呢？”

专好也不清楚。

之后人还是越聚越多。专武从寺坊看出去，除了商人外，农民、僧侣和武家的人也聚集而来。还有人带着大包的行李，或穿着唐人的衣服，其中小孩也有不少。时间还未到中午，竟聚集了三百多人，而且还在增加。人群从太子堂一直延伸到本堂前面来了。

专武前往一探究竟，半是惊讶半是莫名其妙地回来。

“兄长，召集人群的好像是三条室町的十一屋吉右卫门先生。”

“啊啊，是吉右卫门。他在搞什么名堂呢？”

“他说想见您。要见见他吗？”

专武暗暗高兴，说道。

“没办法啊，不想见。”

专好冷冷地说道。专武愁眉苦脸地走出寺坊，想告诉吉右卫门。但外边的嘈杂声没有停止，反倒更大了。终于，吉右卫门的声音传进了寺坊。

"专好大人，我们知道您在。请您出来好吗？"

"真伤脑筋啊。"

专好说着，便出了寺坊。

当寺坊的门一开，专好现身后，原本嘈杂的民众一瞬间突然安静下来。专好觉得有点奇怪，看向民众，这一个个人都好像在哪儿见过。

吉右卫门走近专好。

"专好大人，您的心情我们都知道，利休大人确实冤枉。"

吉右卫门表情沉静，他这么一说，许多人便闭上眼，俯身默祷。

专好有些意外，他想不到吉右卫门会这样说。

"我们也很伤心哪，专好大人。"

不知是谁大声喊道。吉右卫门咳了一声，接着说：

"您没有插花的心情，也没有精神。专好大人的感受，我们都能体会。"

说到这里，吉右卫门又吸了一口气，擦擦额头上的汗。

专好终于明白了。

这些都是时常来六角堂看花的人。

大家都穿得比平时体面些，所以一时看不出来。

吉右卫门继续说道：

“专好大人，今天我们有一个请求。对我们来说，您非常重要，真的。而您的花是我们的乐趣，也是每一天的慰藉，绝不可缺。”

吉右卫门的话似乎是在场全体民众的心声，四周的人都随着他的话用力点头。

“专好大人，正因如此，请您再拿起花剪插花吧。”

吉右卫门深深鞠躬，聚集的民众也你一句我一句地说：

“专好大人，求求您了。”

“看不到您的花，实在太难受了。”

“我们家的阿嬷也很希望看到呢。”

阿季也在人群中。

“我也最喜欢专好伯伯的花了。”

六角堂是孩子们的游乐场，附近的年轻一辈小时候都在寺中游玩，所以对他们来说，六角堂是最亲近、最喜欢的地方。六角堂对下京的民众而言，也是身边的聚会场所，一旦有事需要商讨或有问题发生，大家二话不说都会聚集到这里。由此可知六角堂对下京民众是多么重要。

专好不禁感到高兴。原来有这么多人喜爱六角堂，并期待自己插的花。

“利休大人，您在天上看到了吗？”

专好对天问道。

“我能振作起来再重新插花吗？”

虽然没有任何回答，但视线那头的天空是多么晴朗。

“利休大人，这难道是您叫我再拿起花剪的回答吗？”

专好心中慢慢恢复了力气，不知不觉地有了想插花的心情。

前几天不太舒服的专武今天也恢复了许多，他把手搭在专好肩上，说道：

“兄长，插花吧。让我们插花为利休大人祈祷。”

“是啊，专好大人。下京的民众都在衷心期盼着呢。”

身躯健壮如熊的平太在专武旁边探身说道。连平时不太说话的平太都这么说了。专武和平太同年，一直以来就像兄弟一样，他们俩的感情是连专好也插不进去的。对两人来说，专好既是兄长也是老师。

吉右卫门面朝专好，煞有其事地说道：

“专好大人，我们只想向您表达一句我们的心情。那么失礼，就此告辞了。”

他认为召集人群的主谋者自己不先回去，事情就没法儿收拾。

跟在吉右卫门后面，众人纷纷向专好行礼，随即向四面八方散去。

之后探听了才知道，这场骚动起因于吉右卫门和身边数名亲友出的主意，他们发出号召说在利休的断七后要到六角堂，而人们听到后，觉得六角堂的事也与自己有关，一个接一个也到了六角堂，人数自然就增加了许多。

这天下午，专好在两个月没进的道场，透过格子窗望着六角堂。

他取出利休练习立花时常用的铜器，放在利休每回练习时坐的窗边位置。望着铜器，眼前仿佛浮现出高大的利休弯着腰插花的身影，令他非常怀念。

专好沉浸在回忆中时，专武和平太来到道场，在他身边坐下。

六角堂院中的黄莺正在鸣叫。

“呐，专武，我真的可以再插花吗？”

“兄长，您还在犹豫什么呢？还活着的我们若不努力活下去，是对不起死去的利休大人的。”

专武少见地用严肃的语气说道。他因为这几日受风寒卧床，体力也减了大半，经过今天的事，看起来十分疲惫。

专好一拍膝盖，站起来说道：

“好，插吧。专武，因为大家等着我的花，我也要插呀。平太，可以帮我准备明天的花材吗？”

平太用力地点点头。

“现在马上准备也没问题。”

其实平太在这两个月里，为了无论专好何时问起都有材料可插，每天都准备了花材。虽然知道专好不会用，还是一直准备着，却一句话也不说，平太就是这样一个人。

隔天一早，平太用推车载着花材到了六角小路，穿过山门后，朝本堂一拜，抬起头来时——

“平太，早呀。”

专好就站在身旁，大声问候道。平太吓了一跳，低低叫了一声。这样庞大的身躯竟如此容易吃惊，专好觉得他的样子十分有趣，便大声笑了出来。早晨寂静的寺中回响着专好的笑声，平太一听，感到心中的石头落了地。

“来，平太，我们开始吧。”

“是，那我把花材搬来。”

“拜托了。”

平太扛来花桶时，专好对平太说道：

“这两个月里，你每天都帮我准备花材，真对不起啊，谢谢你。”

平太每天准备花材的事，专好都知道。

“……”

平太太过感激，说不出话，只好拼命点着头。

专好终于调整好心情，到利休在堺的宅邸拜访了宗恩。

他向利休的牌位静静合掌。

“利休大人，我又能重新插花了。”

专好向利休转达了他的心情。

利休因激怒关白秀吉而切腹，不知是否因为如此，现在造访利休宅邸的人也大不如前。想起生前身为茶头的利休，又想到这些人说变就变的态度，专好感到既生气又落寞。

穿过主人已逝去，却整理得当的庭园，专好来到宅邸的茶室，面向宗恩坐了下来。

“外子生前说了关于专好大人您的事，最后拜访六角堂那天晚上也非常兴奋，话一直停不下来。他总是说您今天插了什么花，为什么只凭一枝松就可以插出这样的跃动感……”

听了宗恩的话，专好脑中浮现出利休的身影，不禁含泪点头。

“是这样啊，这真是光荣。”

“我一直想看看外子如此心醉的花究竟是什么样子，在外子去世前总算实现了。实际见到后，觉得这花比我心里想象的还要凛然，栩栩如生。”

“不不，我是听了利休大人的教导，才晓悟了一些道理。利休大人锐利的目光可以看透别人注意不到之处，或眼睛看不见的深处。”

专好一口口喝着宗恩泡的茶，继续说道：

“利休大人越是探究茶之道，就越是省去装饰。他说简素中栖宿着真实的美，实际上这个真理与插花也是相通的。我一直在琢磨如何引出并重现花本身的美，通过人的手能达到的只是一小部分，所以要如何引出自然本身的美，是最重要的课题。”

专好观望着茶室，轻轻点了点头。茶室的床板上，一朵可爱的堇花插在质朴的陶器中。

“这间茶室各个角落都充满利休大人对美的意识。我真想再向大人多学学他的美。不，比起我，利休大人自己一定更觉得悲伤。虽然口中不说，但我们在各自的道路上追求自己的美，互相切磋琢磨，一同讨论……”

专好脸上落下一行泪。

“这么理解外子的，恐怕只有专好大人您了。”

宗恩说毕就暂时离席，回来时手中捧着一个小包。这是收放在桐箱中的黑乐茶碗。

“这是外子的遗物。他常说这茶碗中有美的原点。这茶碗若放在您那儿，外子一定会很高兴的。请您收下吧。”

“……”

专好看着宗恩的眼睛，思寻着话，却说不出只字片语。

“利休大人。”

专好手捧着茶碗，茶碗凹凸的触感中似乎传来利休的温度。闭起眼来，就忆起与利休一同度过的日子。

在清洲城插花、在六角堂插花、在利休庵接受招待、北野天满宫的大茶会、被令禁足前在六角堂的会面……虽然已过了许久，这些却历历在目。

“利休大人……”专好又一次唤道。

从利休宅邸回来，专好站在本堂前，手捧着黑乐茶碗，望着被风吹起的六角柳。人世无常，不论是谁总会消失，他总算接受了这理所当然的事实。

专好再次感到自己不能不插花，像是利休在背后推了一把，体内涌现出一股力量。他打心底想，扫除郁闷并带给自己光明的，终究还是花啊。

第十二章

天正十四年（1586）到十九年（1591）间，秀吉在京都进行大改造。

庄严华丽的平安京在持续十年的应仁·文明之乱中化为焦土。其后，以断壁残垣中残存的一小部分地区为中心，形成了小聚落“町组”，而“町组”扩大后，便聚为大规模的集落“惣町”。随着室町幕府的衰退，各“惣町”都由各自的居民自治，渐渐掌握了力量。

对武将来说，占有京都便意味着占有“天下”，而最初达到这个目标的就是织田信长。

信长放火攻进室町幕府所在的上京地区，并将室町幕府逐出此地。但在放火之前，他先让民众避难。相较于上京，信长获得了下京地区的支持，所以位于下京的本能寺就成为信长在京都的宿营地。然而命运捉弄，信长最终竟然在下京殒命。

敬爱信长的秀吉继承了他的遗志，将夺取京都当成目标，现在他也已将京都握在手中。曾是一介农民的秀吉终于实现了信长无法达成的梦。

秀吉开始建设自己的宅邸聚乐第，并在四周兴建武家、朝廷贵族的宅邸与寺院的区域。依照身份区隔居住地的目的，是为了税金征收与京都防卫。另外，他在京都棋盘格一般的街区中增设许多小路，将其改为窄窄的长方形街区。随着人口增加，也施行乐市乐座[①]，成为令工商业兴旺发达的源头。从这一点来说，关白秀吉的新都可说是成功的。

但是有一部分地区反对新的都城建设，例如下京地区的鉾町。京都热闹的祇园祭典“祇园御灵会”（现在的祇园祭）由鉾町承办，是鉾町居民们的骄傲。因为按照传统行事，鉾町的团结力量十分强大，强烈的抗议使区衙放弃了对这个地区的分化。而秀吉也因此对拥有经济力量的民众之力产生了警觉。

鉾町的中心人物是十一屋吉右卫门。从六角小路往西走第四条街道的南边便是吉右卫门的住所，他负责管理祇园御

---

① 日本战国时代一项繁荣城下町的商业政策。

灵会的南观音山，他的正义感聚集了许多人心。

下京的民众被政府视为威胁。

利休死后两个月，大批商人、武家、僧侣与农民聚集在六角堂的事也传到了下京监警林田新兵卫的耳中。

新兵卫曾在北野大茶会上担任秀吉的护卫。出于强烈的野心，他呈报上级，六角堂的池坊专好有不安分的动向，心想说不定可以借此发迹。

“亲近池坊专好的下京民众好像正预谋叛乱。”

他捏造无凭无据的事，通过衙门呈报给石田三成。

“石田大人，六角堂好像有不安分的行动，要如何办呢？”

“你是依据什么呈上此报？”

“千利休断七的第二天，一早民众就聚集到六角堂，不只是商人，还有武家、僧侣、农民，人数多达数百……多达千人哪。”

三成的目光一闪。

“哦，是吗，一介僧人聚集千人有什么目的？你叫什么来着？”

“是，小的是下京的监警，叫林田新兵卫。”

“新兵卫，你继续监视六角堂，若有奇怪的行动，便逐一汇报，知道了吗？”

池坊专好是利休那家伙的同伙，真是碍眼——

反对秀吉都城建设的鉾町、聚集民众人心的六角堂、和利休一样受拥戴的专好，这些对聚乐第来说都是障碍。

我看还是报告给秀吉大人知道比较好——

“池坊专好？是啊，我没忘，他是在大茶会上和利休联手的和尚吧。”

秀吉厌恶地皱着脸，摸着胡子说道。

“还有，下京的民众十分团结，很是碍眼，如果又拥护专好，那便麻烦了。”

石田三成得意地诱导秀吉，如此说道。

“是啊。”

现在虽然没有大名间的大型征战，但各地发生的起义却十分棘手。倘若这样的起义发生在下京，会更麻烦。

“处理掉吧……”

当秀吉脑中浮现这个想法时，随从进来禀报：

“关白殿下，鹤松公子高烧不退。”

“鹤松又发烧了，马上过去。”

秀吉飞也似的跳了起来。三成慌忙再问道：

“秀吉大人，池坊专好要如何办？”

“交给你了，给他一点警告。”

“是。”

可恶，只差一步，居然捡回一命！

三成愤恨地拍了拍膝头。

秀吉的嫡子鹤松生来病弱，大病小病不断。今年春天开始就原因不明地发烧。秀吉溺爱鹤松，十分难过，看着一日日虚弱下去的儿子，他心如刀割。

为什么我的孩子要受这样的苦？

这份难过在秀吉心中燃起怒火，酝酿着爆发的一刻。

六月，祇园御灵会终于开始。鉾町中并列着豪华的山鉾，互相比美。各鉾町也回响着祇园的祭典音乐。

专好带着阿民、丰重和樱子逛祭典，先看了太字町的山鉾“太子山”。这太子山中供奉着与六角堂有渊源的圣德太子，结着美豆良发型的少年太子像右手持斧，左手拿扇。山鉾顶上装饰的不是松，而是杉。因松多为神明凭依，所以许多山鉾都装饰着松，但太子山装饰的却是杉，这是根据“六角堂缘起”中的记载而来。

“六角堂缘起”记载，十六岁的圣德太子为寻求建造四天王寺的建材来到山城国爱宕郡的山中，遵从护持佛如意轮观世音菩萨的灵示，用大杉之木建立了六角堂。手持斧面向杉木的太子像就是为了表现这个场面。

祇园御灵会是民众期待已久的祭典，下京的路上挤满了人。由于近年来秀吉施行区域分割政策，导致人口增加，祭典比往年更加热闹，路旁还出现了不少摊贩，气氛热络。

“好久没这样大家一起出门了。”

专好笑着说道。今年从一开始就遭遇许多事，让人心情低落。今天虽然像这样，家族中的四人一起逛祭典散心，但此前可以说每天都充满了纠葛。

逛祭典是阿民的提议。有家人真是好。

走着走着，专好看到路旁有卖簪子的摊贩。

“来看看。”

专好随便看了看摊上的商品，都不是特别昂贵的东西。他发现了一支可爱的淡桃色的樱花簪，便叫樱子。

“小樱，来来，看看漂亮吧。”

专好都叫樱子是“小樱”。

“哇，好可爱。我想要。”

“是吗，想要呀，好，爹买给你。”

专好故意夸张地说道，将簪子买了下来。樱子得到簪子，高兴地抱着专好的腿。

“爹，谢谢您。”

专好平时十分忙碌，樱子也没什么机会撒娇。他帮樱子戴上簪子。

“哦哦，小樱，好看哦。”丰重与阿民也说道。

“樱子，戴上爹买的簪子，调皮的丫头看起来也有些气质了。”

“啊呀，丰重你净说这些，樱子很好看呀。”

阿民在樱子面前蹲下，微笑着看簪上的樱花。

专好一行在三条町小路的交叉口碰到了阿季。

“啊，专好伯伯好。”

“阿季也来看山鉾呀。”

“是啊，专好伯伯，这鉾町果然景气好呢。”

阿季站到专好旁边，小声在他耳边说道：

“不论哪儿的山鉾，年年都更加华丽，这是景气好的证据啊，呵呵。”

说毕就随着人潮离去。阿季也十五岁了，大一岁的丰重看上去还有些孩子气，但阿季却让人感到有女人味了。

顺着町小路继续走，在经过北观音山时，听到了熟悉的声音。

“啊，是吉右卫门伯伯。”

樱子跑了过去。

“哦……是樱子呀，来得好来得好。”

吉右卫门两手将樱子高举起来，两人常在六角堂见面，已经很熟了。曾失去孩子的吉右卫门很疼爱樱子。两人年龄虽有差距，但樱子把吉右卫门当成朋友，也让人不禁莞尔。

“看哪看哪，这支簪子。”

樱子骄傲地向吉右卫门伸出头，说道。

“哦哦，真可爱啊，樱子这簪子是……”

“是爹买给我的。”

“哦哦，是吗，真好。”

樱子或许让吉右卫门想起了自己死去的女儿阿初。

他将樱子放下时，专好刚好跟了上来。

“专好大人，欢迎您来。”

“啊呀，十一屋先生，真是热闹啊，这一带的景气真好。”

“是，托您的福。”

吉右卫门说着抬头望了望令他自豪的山鉾。这山鉾比其他的山鉾更大更豪华，可见背后的隆盛。

这时，同鉾町的人对吉右卫门说道：

“吉右卫门先生，您可以来一下吗？有些棘手的事儿。”

好像是有年轻人在哪儿打起架来了。

“啊呀，真是，真没办法，知道了，马上去。”

吉右卫门说着，一改之前抱着樱子时的表情，顿时严肃起来。

“专好大人，我得去一趟，失礼了。”

说完，他就飞快地跑开了。

真是直肠子的人啊。专好十分欣赏吉右卫门这样的人。

之后四人又慢慢看着山鉾。

阿民向专好提议：“我们偶尔也一起去看看山鉾吧。”想起这样的阿民，专好觉得十分可爱。对自己来说，她像太阳一样，不论下了多少雨、下了多久的雨，总在自己身边陪伴。利休切腹后，阿民总是静静地温暖着心情跌到谷底的自己，对她的感谢实在无以言喻。因为吉右卫门等民众的恳求，专好才再次拿起花剪插花。那天夜阑人静后，专好看到阿民在流泪，他知道此时最高兴的便是阿民了。

我希望也像利休大人一样，可以追求美到最后一刻。

专好知道，这是给支持和鼓励自己的人最好的报答。

日头西落，西边的天空开始染红的时候，一家人回到了六角堂。

专好背着睡着的樱子，阿民在背后扶着女儿，小步跑向寺坊。天色已经暗下来了，所以寺中没有人影。专好回想着愉快的一天，心里非常充实。

与往常外出后一样，专好到了本堂一趟，发现本堂前站着一位武士，正看向这里。从武士的穿着与姿势，专好能看出他不是平常人，而是一位武将。此人身穿深绿裙裤，散发出的气氛异常尖锐严厉，与此前接触过的武将很是不同。只要被那双细长的眼睛一盯，就像被太刀架在脖子上一般，让人深感恐惧。专好吞了吞口水，问道：

“您是哪位呀？”

专好压抑着贯穿全身的恐惧，冷静地询问。

“你是池坊专好吧？”

这武将完全不带感情，面无表情地问道。

“是的，我是六角堂的池坊专好。请问您是……”

“石田三成。”

武将直直地看着专好，阴险的目光中带着执拗的暗光。

专好感到背脊发凉，脖子上滴下汗来。

他就是石田三成……

不知过了多久，就算只是一瞬间，专好也觉得时间十分漫长。

“你想必非常憎恨关白殿下吧。”

既已打过招呼，三成便单刀直入地说。

他是在说利休大人的事。专好直觉是这样。

“我不知道您在说什么。”

知道三成为什么来到六角堂后，专好意外地冷静了下来。

“哦，和我装蒜。”

三成用专好不知是否能听到的音量小声说道。

沉默了一段时间后——

“六角堂是家好寺院，位于下京，寺中一片浓绿，此处和圣德太子有渊源，深得民众信仰，还是西国巡礼寺庙之一吧。”

三成转过身，在本堂前边走边说。专好依然保持沉默。

“还有插花名家的名声，甚至连皇宫都有所闻。要累积这样的名望，相信一定吃了不少苦。”

他究竟想说什么？

专好的心跳得越来越快。

停了一会儿，三成继续说道，声音比先前低了许多。

“前几天，数百民众聚在这六角堂，有报告说是在图谋着什么，这是真的？”

三成转过身，以寒冰般冷峻的视线盯着专好。

根本是无凭无据的事！

但专好并没有开口，因为不知要如何说明那天的状况，又怕被找岔子。

“哼。”

三成的目光向下移开，说道：

“好吧，但是池坊……”

他突然睁大眼，把脸凑近专好。

“倘若想着什么无聊事，我劝你还是丢了这念头吧，这是忠告。”

三成喷出的唾沫溅到专好脸上。

“如果不呢……”

专好摆好架势，说道。

“死！”

此前不动声色的三成突然高声叫道。专好一瞬间虽有退怯之意，但终是撑住了身子。

“您今天就为此事而来？”

专好冷静地应道。三成面无表情地看着专好。

“是，你小心点。”

日头已经落下，只留下晚霞。

三成带着在山门边等待的随从，消失在视线之中。

专好独自站在本堂前望向天空，天红得让人觉得胸膛窒闷。他慢慢回想起将要过去的这一天到底是个什么日子。

脑海中浮现出樱子戴着摇曳的发簪的高兴的脸，还有三成没有表情的脸，两张脸在脑海里不停地转。

“死！”

三成直刺过来的目光，到现在还让专好发抖，那颤抖久久无法停下。

第十三章

天正十九年八月。

“什么?!”

秀吉的声音响彻聚乐第。与侧室淀夫人所生的嫡子鹤松才三岁便死去了。秀吉悲痛万分，久久难以离开鹤松的遗体。

百姓间传闻鹤松的死是“利休的诅咒”，这传闻很快便传到了聚乐第秀吉的耳中，秀吉腹中翻腾的怒火爆发出来。

“可恶的利休，竟然带上鹤松。”

失去心爱孩子的痛苦，不论是关白还是百姓都一样。但将罪过都推到被自己赐死的利休身上，的确是关白秀吉的作风。

“不可饶恕啊，利休，死了竟也还敢愚弄我。”

秀吉泪也不擦，不断叫着鹤松的名字。鹤松死后五天，他便蓬头垢面，眼睛浮肿，胡须凌乱，完全失去了关白的威严。

秀吉想要的，就算强取豪夺也能得到，可以说没有弄不到手的东西，但最宝贝的鹤松竟从手中失去了。

秀吉的悲伤终于变成了怒火，寻找着爆发的对象。

“三成，三成在哪儿？”

“是。”

三成马上出现了。

他非常清楚被逼到极点的秀吉是什么模样，也知道要怎样将这怒气转移到别处。

“三成，那个和利休认识的和尚叫什么？”

秀吉像想起什么一样，突然站起来，眼睛没有焦点，激动地转着脖子说道。

“是，您说的是六角堂的池坊专好？”

“在我办的北野茶会里，和为所欲为的利休在一起的就是这个插花的？”

“是。”

秀吉一笑，但下一瞬间，表情变得如恶鬼一般。

“说到北野，连街上的姑娘竟然都可以嘲笑我，是吧，三成？”

三成明白秀吉的剑尖指向了谁。秀吉摸了摸胡子。

“三成啊，茶茶在怀鹤松时，确实有人在聚乐第门口的士兵驻地墙上写愚弄我的文字吧。那时做了什么处分？”

那时墙上的文字是讽刺秀吉侧室茶茶怀孕的字句。

“当时的犯人已在六条河原处以磔刑。”

“是吗，失职让犯人胡乱涂写的门卫和其亲族也一并处刑了吧？”

“殿下，以四年前的事来定人死罪，似有不妥。”

“三成，你居然也敢和我犟嘴。你也变得了不起了嘛。”

“不，实在惶恐。”

“利休也常常给我提意见，把我当猴子耍。”

秀吉再度怒火中烧，用力地踏着地。

“殿下，此事请交给三成吧。就算是孩子，我也要让他们尝尝愚弄关白殿下是什么滋味。”

三成说道。若能就此多少平息关白的怒气，也是没有办法的事。

鹤松的死很快传遍了京都，专好也听到了传闻。他觉得不论秀吉如何，一个幼小的生命消失，也让他感到悲伤唏嘘，这天就以凭吊之意插了花。

秀吉也可怜，这种时候，金钱和权力也使不上力，都是命啊。

自从石田三成到过六角堂后，专好更多地开始思考自己插花的理由，还有追求美的意义。

“死！”

被三成这么一说，专好更体会到利休的苦恼和坚强。

石田三成来六角堂的事，因为怕大家过于担心，他连阿民都没有说。虽然三成的语气严厉，但也只是警告。和利休关系好、在北野大茶会插花和六角堂聚集了民众这些事，又没有违法，也没有给谁添麻烦。

三成虽这样说，也不会有什么大事吧。专好这么想着。

然而被当今秀吉的得力红人，又是传闻中操纵利休之死的人出言威胁，他的心情还是无法如同往常一般。

六角堂的道场里正进行着夏季练习。这年夏天也非常炎热，道场聚集了比平时更多的弟子，正插着花。

没有一点风，空气十分灼热。寂静之中，专好严格地指导弟子们。

“这不行，到底都在插些什么呀。”

“丰重啊，专好师傅是怎么回事？这样暴躁。”

吉右卫门问道。从民众聚集在六角堂的那天起，他便时时到专好的课堂练习。

“吉右卫门先生，您怎么看？我也不知道……”

丰重也注意到了祇园御灵会后，专好有些奇怪，但又不知道原因。

“丰重，不要净聊天，连手都不动了。”

专好平时就对丰重比较严厉，他不在意他人的眼光，希望将自己的技术和知识全都教给丰重。弟子们也感受到了他的干劲。

专好经过三成的事，想起如果自己有了万一，池坊的花就有断绝的危机，所以开始心急起来。他的责任重大。

弟弟专武插花的技术和知识也高，是能撑起一个时代的“高手”。如果专武身体好，是可以和专好一起兴盛池坊之花的，但这几年却时常卧床。专好感到肩上重重地压着守护与传承的艰难责任。

第十四章

天正十九年十二月。六角堂山门南侧的钟月庵迎来了忙碌的腊月。独生女阿季在这个时期也前前后后帮着家里的生意。

阿季与丰重是青梅竹马，从小就每天在六角堂一起玩耍到日落。过了十岁，阿季和其他的京都姑娘一样变得早熟，在她眼里，丰重还是像小孩一样，所以对他渐渐没了兴趣。但是十六岁那一年，丰重突然脱了稚气，从少年成长为青年。今年春天，当他结束僧侣的修行回到六角堂与阿季碰面的时候，阿季惊讶的表情给他留下了有趣的印象，之后便时常模仿阿季当时的模样和她开玩笑。

“那时阿季的脸啊，很好玩的，就像这样。”

“啊呀，又说这事，我要生气了。”

阿季边说边打丰重的背。

“好痛！”

“居然嘲笑我这么可爱的姑娘，这是惩罚。”

“啊……一点也不可爱啦……”

这样不经意的打闹对他们来说，是最愉快和幸福的时刻。这是丰重的初恋，他觉得两人只要能在一起就好了。

十二月十日，一早就有很多顾客上门，店里人忙得昏头涨脑。客人一直排到六角堂的山门前。

过了中午，客人终于少一点的时候，店里突然来了四五名大汉。

“叫阿季的丫头在这儿吗？”

大汉手拿着枪，腰间还挂着太刀，但看起来不是强盗。

“是，是我。”

阿季不知道发生了什么事，只能答道。

“我是监警林田新兵卫。你被控愚弄关白殿下，要将你绳之以法，不能抗命。”

“啊，这是怎么回事？”

阿季完全没有这样的记忆。她的爹娘从店里急急奔了出来。

“监警大人，我是店主人。这一定是有什么误会，我家姑娘绝对不可能做这样的事，不可能。”

阿季的爹跪了下来，额头叩地，不断恳求。

新兵卫暗笑，他领了三成下令进行惩治的命令。三成还说如果办得好，就可以出头。

“监警大人，求求您了。阿季什么也没做，一定是误会。求求您，求求您。”

那颤抖的声音断断续续。

新兵卫在店里坐下，拿了店里的饼吃，边吮着手指边说道：“老板，都查清了，之前的北野大茶会上，你家丫头在关白殿下旁边说什么乡下人，还有猴子。当时我也在场。”

“啊……”

阿季膝头一软，但那时每个人都这么说呀。

“为什么只有我……”

“阿季，为什么是阿季，不，呜呜……”

阿季的娘从背后抱住女儿，护着她哭了起来。

“监警大人，求您放过我们吧，求您放过我们吧。”

阿季的爹抓着新兵卫的腿。

“放开，叫你放开。”

“不，不放。我不会让你带走我们家阿季。”

“好，带走！”

新兵卫一脚踢开阿季的爹，冷酷地命令其他大汉动手。大汉在阿季的娘耳边说道：

“我们也不想这样做，对不起了。”

新兵卫扳开阿季父亲的手，号令道：

“走！”

阿季的手被缚在背后，推上了罪笼，由两个男人抬着。阿季的爹娘爬出店外。

“阿季啊……阿季……不要啊……”

阿季的娘大声痛哭，也无能为力。装着阿季的罪笼从六角小路向东离去。

此时听到骚动的丰重和专好冲出山门外。

“阿季在哪儿？”

丰重问道。围观的人一指，专好和丰重便追了上去。

“阿季……”

阿季蹲在笼中不断哭泣，听到声音抬起头，声嘶力竭地喊道：“丰重！”

丰重朝右绕过去，抓着罪笼。

“阿季，阿季，阿季，别怕，别怕。”

“丰重，丰重！”

阿季的脸沾满了泪水和泥土，之前还红润光滑的脸颊现在竟成了这般模样。

“放开，小鬼！”

新兵卫踢开丰重。丰重肚子上挨了一脚，翻了一圈倒在地上。

来迟了一瞬的专好绕到左边，抓住罪笼，

“阿季，没关系，我会求情救你的。”

“专好伯伯，我好害怕，好害怕！”

大汉用力抓住专好的衣襟，将他拖离罪笼。

“阿季，放心，别怕。”

“专好伯伯……”

一行人押着阿季快步在东洞院大路向左转，离开了。

店门前，阿季的爹娘瘫软在地，号啕大哭。

专好喘息着。六角小路弥漫着沙尘。他知道这和鹤松之死以及“利休的诅咒”一定有什么关系。虽然安慰阿季别害怕，但看这样子恐怕是死罪。这姑娘到底是犯了什么错？专好腹中升起怒火，却没有办法做什么。

“秀吉，你到底够了没有！”

专好使尽力气吼出一声，让人不敢相信这是他说出的话。

专好的叫声让众人吓了一跳。听闻六角小路骚动的民众都聚了过来。

这天下午，以十一屋吉右卫门为中心的下京民众到衙门求情，也没有被接受。四天后一个吹着冷风的日子，阿季在六条河原被处以磔刑，她的父母也一样被处刑。北野大茶会时和阿季走在一起的另外三名姑娘与其亲族同样被处以死刑，罪名是愚弄关白秀吉。

处刑后，吉右卫门疏通了关系，也仅能好好埋葬姑娘们与其亲族。

“父亲，我不明白，为什么没有一点罪过的阿季竟是如此下场？”

丰重在墓前合掌问道，这些天他坚强地撑着，忍住难过的心情。专好抱着丰重的肩膀，触到了他肩部大片凹凸的肌肉。丰重已是大人了。

“丰重啊，你忍过来了，今天可以好好哭一场，阿季一定也允许你哭吧。”

听了专好的话，丰重死命忍着的泪水落下来，大声哭了出来。

专好忍着撕心裂肺之痛，向阿季喜欢的花合掌。

他心想，因为秀吉的愚行，又有人死去了。人命不该如此轻薄，不能再忍受这样没有道理的事了。离大茶会已过了四年，这样到底有何意义？阿季究竟有多深的罪？不能让这样的暴虐再次横行了。专好无法遏止怒火。

秀吉在这年将关白之位让给了外甥秀次，自己成了太阁①。来年计划出兵朝鲜，将目标放在海的另一边。对这样愚昧的秀吉，诸国武将虽有不满之声，但利休死后再也没有人敢直接向秀吉谏言了。

下京在深深的悲伤中迎接了新年。

专好为了下京的民众，每天都插着花。自己心情跌到谷底没有办法插花时，是因为下京民众的鼓励才得以重新站起来，所以他插花时抱着感谢的心情。许多人到访六角堂，都被那伸展活跃的一枝一叶所感动。

十一屋吉右卫门觉得专好的花有不可思议的力量，可以带给人元气。自己也在开始学插花后深有体会。当初女儿阿初看了专好的花，原本连起身都没有办法，居然能挪动身体了，而且还燃起了活下去的愿望。他希望因为阿季的死充满悲伤的下京一带可以重拾希望之光。

“十一屋先生，我很好，没有像先前那样沮丧。”

---

① 正式名称为“太阁下”，指摄政、关白让渡职位后的专有称呼。

“那时真是不得了呢，不论哪天来都没有花，我居然可以忍受没有花的日子那么久。”

“是啊，您那时的脸色看起来的确不太好。”

“真拿专好大人您没办法呀。”

专好和吉右卫门说话时感到安心，彼此年龄又相近。吉右卫门已经像家人一样，对他不必像对外人一般抱有顾虑了。

第十五章

文禄二年（1593）十月，秀吉周边时时有声音要他提防六角堂与池坊专好。

民众对六角堂的向心力越来越强大。六角堂作为下京的会所，一有事，民众就会聚集过来。再加上专好插的花评价日益高升，这在秀吉一方看来都不是什么好事，难保不会有一天掀起武装起义。京都现在因为秀吉大胆的都城建设，景气得到了提升，特别是下京一带聚集了人与钱财。虽然城下町化政策很奏效，但这个时代下克上的情况根深蒂固，一旦引燃火种，没有人能预知会发生什么。

石田三成认为京都的安定象征着太阁殿下的天下统一，而其中六角堂的存在显得碍眼。然而池坊家代代都是花道名家，没有办法无端地扳倒。三成于是唤来林田新兵卫，下了道密令。

“要怎么做你来决定，我要民众的心远离六角堂。”

“是，遵命。”

“去吧。”

三成将装满金子的袋子放在地上，新兵卫慌忙拾起，放入袖中。

晚秋，吹起了寒风，六角堂大银杏树的叶子像黄金般摇曳着。

专好很久没到十一屋吉右卫门家的茶室来了，这次还带了女儿樱子。樱子一听到要去吉右卫门家，便坚持一定要带她去，可见她多喜欢吉右卫门。

“啊呀，专好大人，请请。樱子也来啦，欢迎。”

吉右卫门穿着风雅的茶道服，笑脸满盈地迎接二人。

“打扰了。”

十一岁的樱子行了一礼，进入茶室，专好看着她的动作，觉得有大人的样子了。

小樱长大了呢……

樱子是在信长殒命本能寺的来年出生的。专好不禁有时光飞逝之感。

“爹，这个可以吃吗？”

但是樱子只要看到准备的各式点心，就仿佛又变回了小孩一般，令人莞尔。

“哈哈哈，可以，小樱吃吧。”

吉右卫门笑了。樱子奇怪哪里好笑，便看向吉右卫门。

“爹也说可以吃啦，放心吃吧。”

“吉右卫门伯伯，谢谢您。”

樱子道谢之后，果然毫不顾忌地吃了起来。

“十一屋先生，阿初去世多久了？”

“已经二十六年了，真快啊。”

专好喝着茶，吉右卫门继续说道：

“最近我也开始糊涂了，但关于阿初的记忆很鲜明，就像她现在还在隔壁房间一样，我记得清清楚楚。”

“是啊，阿初是个好孩子。”

“是，是好孩子。”

吉右卫门看着樱子，表情就像一位温柔的父亲。阿初死后，吉右卫门一直都是一个人生活，妻子和孩子的回忆牢牢留在他的心里。

吉右卫门没有告诉专好街上的传闻。

“六角堂四周最近总有一些长相凶恶的人在徘徊。”

住在六角堂附近的民众这么说，而吉右卫门也曾看到过。这几天，都是同样的一些人站在山门前，窥探寺中的情形。担心的民众跑来找吉右卫门商量。

是秀吉的阴谋也说不定。

吉右卫门这样想着，又听说秀吉出兵朝鲜也不顺利。

秀吉就是忌妒与利休大人并肩的天才之美，下京这个地方可不能再让猴子为所欲为了。

他之所以犹豫是否将此事告诉专好，就是不希望专好一家担心。

“不需要担心，我来守护专好大人一家和六角堂。”

林田新兵卫利用浪人之辈调查六角堂的情况，然而调查的不是池坊专好，而是拥护专好的民众。据浪人报告，民众的中心人物是十一屋吉右卫门。

十一屋吉右卫门……

新兵卫的眼中闪着阴暗的光。

从乌丸小路来到三条小路往西，可以看到一条南北流向的小河——堀川，而沿着小河的路就叫堀川小路。路旁种了许多大银杏树，秋天金黄的叶片铺满地，喜好风雅的人士最爱在这个时期造访堀川小路。

这天的天气像春天一般和煦，吉右卫门从早上就在家里喝着酒。今天是亡妻阿菊每月的忌日，所以他一个人在佛坛前喝酒。平常他是不会在白天喝酒的，但到了这一天，就兴起了喝酒的念头。下午预定要到六角堂上专好的插花课。

对了，到堀川小路看看银杏吧。

吉右卫门准备出门，从下定决心保护六角堂后，他都在怀中藏着短刀。

他心想，今天虽喝了酒，要外出是没有问题的。

才喝了这点酒，不会出不了门。

实际上，吉右卫门的脚步也没有醉得颠三倒四。他慢慢从三条小路往西走，因为是白天，路上很热闹。

“吉右卫门先生，出门哪？”

住在这一带的都是熟人，走着走着，总有人向他打招呼。

“风雅的在下要到堀川小路赏银杏。”

众人就是喜欢他明朗的个性，无论对谁，吉右卫门都不失这份爽朗，所以自然得人心。

堀川小路阳光灿烂，银杏道上游人如织。吉右卫门在路旁坐下，悠闲地眺望着人来人往，经过眼前的有年轻人，也有老年人。此时他突然“啊”地一声，站了起来。

从他前面走过的人是这几天窥视六角堂的人之一，在窥探的人里，此人看上去显得最年轻、最孱弱。

是了，就是这家伙，来看看到底是谁指使的。

吉右卫门悄悄接近此人背后，趁其不意，将他腰间的刀连同刀鞘拔了出来。

“做什么，你是谁？”

“老兄，来一下，我不会做坏事的。”

吉右卫门不愧平时习惯了和流氓打交道，此时干脆利落的态度让人无法不服从。

吉右卫门进了三条堀川南边的小巷，男人默默跟着。

果然，吉右卫门是喝醉了。

一般来说，不论占了多少地利之便，也不会做这样危险的事，他现在是仗着酒胆。

男人低着头不发一言。

“什么呀，这人真没出息。”

吉右卫门发现一条无人的巷子，想着这里谁都不会注意到。

“我说，你徘徊在六角堂，窥视里面的情形，有何居心？是谁指使的？”

“……”

“我也不想为难你，老兄你也有家人吧，用这个让家里人高兴高兴吧。”

吉右卫门从袖袋中露了露金子给他看。

总是用金子雇来的，给他金子，就会说出实情吧。

“怎样啊，老兄？说吧。”

此时，吉右卫门察觉到背后突然有一大群人围拢过来。

糟糕，这家伙带了人。

吉右卫门一转身，看见拿着刀的人一个个像恶鬼般逐渐接近。

“可恶！”

一刀砍了过来，吉右卫门往左一跳，又是一刀迎面而来。

“糟糕！”

他向后跳，刀尖割过他的左肩，划破了皮肉。但另一刀又立即刺了过来。第一刀，他扭身躲过了，但第二刀刺中了右腹。与其说感到疼痛，倒不如说感到一股灼热。

“你们到底是谁派来的？”

吉右卫门叫道，但没有人回答。

“啊啊啊！”

狭小的巷子里响起女人的尖叫声。一个女人刚好要进巷子，看见巷中的景象，便转身尖叫着逃开。

“撤，撤！”

带刀的男人喊道，而看起来孱弱的那人吐了句“可恶”，捡起被吉右卫门夺去的太刀，跟着其他人敏捷地离开了。

“看来外表虚弱是装的啊。”

所有的环节都是设计好的。

“不行，专好大人和樱子会有危险。得去六角堂……”

吉右卫门站了起来，摸了摸右腹。虽没有感到疼痛，但出血很严重，他也不管，继续向前走。

“阿菊、阿初，拜托，给我一点力量吧。”

他沿着三条小路往东走，虽已用尽全力，但因为伤口太深，没有办法走得快，又穿着黑衣，擦肩而过的人也没发现他出血严重。

天气已冷起来，但吉右卫门额上却在冒汗，是冷汗。他口中不断喃喃念道：

“六角堂有危险……专好大人快逃……樱子快逃……”

终于有几个人发现吉右卫门的异状，跑了过来。

“吉右卫门先生，啊呀，不好，怎么回事?！快叫大夫，叫大夫！”

“等等……先去六角堂……带我去六角堂。”

“啊呀，这可不行，伤得很重呢。”

大家照顾着吉右卫门，非常担心。两个人撑着他的肩臂让他站了起来，但任谁一看也知道事情严重，一来一往间，吉右卫门的伤势更加恶化。

“拜托，先带我去六角堂吧，一定要去。”

吉右卫门顽固地说道。

“知道了，好，我们先带吉右卫门先生到六角堂吧，大家帮帮忙。”

对力气颇有自信的男人们架着吉右卫门的两肩要加快步子，但怎么也没法加快速度。这时有人拿来了门板，将吉右卫门放在门板上，这才跑了起来。

人越聚越多，三条小路的巷子都封了起来，路旁筑起了人墙。

“吉右卫门，撑住啊。”

“不能死啊，吉右卫门先生！”

人们给二十几年来一直为下京奔走的吉右卫门打气。

“阿菊……阿初……拜托了……”

已经有人通知专好了。

今天下午的课已准备就绪，专好抱着樱子走向山门，丰重与阿民十分担心地在山门外等着。也请大夫来六角堂了。

到底是怎么回事，十一屋先生……

“听说是被最近徘徊在六角堂附近窥探的人伤了。”

第一个救了吉右卫门的人这样听说。

“可恶，又是秀吉干的吗？和阿季一样，到底是为什么，可恶！”

丰重拍打着山门的柱子。初恋之人被夺去生命的怒火又燃烧起来。

抬着门板的一行人从乌丸小路转进六角小路，来到山门前。

“十一屋先生！”

专好叫道。吉右卫门被抬到本堂前，众人放下门板。

“十一屋先生，到底是怎么回事？现在都要上课了。”

专好握着吉右卫门的手，大声说道。

“呼……呼……专好大人，您没事吧？”

“是，没事，安心吧。都是托您的福。”

专好用力握住吉右卫门的手，而吉右卫门也用仅存的力气握住他。

“啊啊，今天失败了，被摆了一道。”

吉右卫门眼中落下一行泪，丰重见状，在他的耳边大声说道：“吉右卫门先生，这点伤没有问题的，不要担心。”

“是啊，没有问题的，您可是吉右卫门哪，一定会得救的。大夫就要来了，加把劲。”

阿民接着说道。

“呼呼……谢谢谢谢。”

虽然没有力气，但吉右卫门和平时一样笑着。

“吉右卫门伯伯，怎么了？”

樱子午睡刚起，还不清楚情况。吉右卫门想撑起身子，专好扶着他慢慢坐起来。

“樱子啊，伯伯有些累了，但是没有关系的，别担心。”

“真的吗？”

“是啊，真的。”

吉右卫门说着，看了看四周的人，

“对不起，又要拜托各位了，帮我挪到可以看到本堂的花的位置好吗？”

吉右卫门在本堂的插花前面，和专好并肩坐着。松枝的立花相当有格调。

“今天的花也真好啊。”

“谢谢，十一屋先生，谢谢。”

“我在阿初快要死去时，向您求救过一次，那时您只穿了一只鞋子，拼命跑去我家。那天阿初高兴的脸，我至今都忘不了。所以我下定决心，如果六角堂或您发生了什么，我一定要帮忙，所以就成了这副德行，真是没出息啊。”

“您说什么呢，应该是我向您道谢。您不知帮了我多少回。”

吉右卫门没办法再坐住，横躺了下来。专好知道他的生命之火正在消失。

“啊啊……以前的日子真是愉快。”

吉右卫门闭上眼，慢慢说道。

“十一屋先生，振作啊。阿民，大夫还没到吗？”

吉右卫门抓着专好的手。

“没关系，今后大家会守护六角堂的，请您安心插花，插好看的花。”

“好，我知道，谢谢您，谢谢，十一屋先生。”

专好紧紧握住吉右卫门的手。

“我终于可以见到阿菊和阿初了。专好大人，谢谢您。”

吉右卫门笑着，安详地走了。四周响起了啜泣声。

“吉右卫门先生。”

人们叫着吉右卫门的名字围了上来，其中也有人骂道“可恶的猴子”。

专好静静合掌，离开了本堂，一个人关在道场里。

“十一屋吉右卫门先生，真的，我不知受过您多少次帮助，为什么您会遭遇这样的事……”

这天夜里，东边天空的满月照下清冷的光，但专好心中却弥漫着黑暗。

“死！”

石田三成到六角堂时这么说道。但实际死去的却都是喜欢自己的花的人，仅仅是和自己有接触的人……

这也算是警告吗……

“专好伯伯，我好害怕，好害怕！”

阿季的声音还萦绕在耳边。

阿季和吉右卫门到底是做了什么，为何一定要死？

“利休大人，我该如何是好？”

专好想起利休。利休晚年在与秀吉的摩擦中贯彻了“自身的美”，想必一定遭受了许多不愉快和迫使他屈服的压力。被命令禁足的时候，虽然很多武将劝他“向殿下道歉，只要道歉就一定会被原谅”，利休也毫不屈服，最终走上了切腹之路。

“不能再让爱护六角堂和我的人走向死亡……”

他想起利休的泪和最后悲戚的形貌。

想起阿季品尝过的恐惧。

脑海中又浮现出吉右卫门开朗的笑容。

专好感到自己心中涌现出无以言喻的怒火，他从心底憎恨夺走自己珍视之人的秀吉，当怒气达到顶点，浮现出了一个恐怖的念头——

杀死秀吉！

专好额上冒出了汗。

“这样大的事，我可以一个人做吗……”

这天晚上，专好动笔给前田利家写了信。

年末，专好来到了前田利家的宅邸。这天天气晴朗，两人在宅邸庭院中的会所见面。庭院整理得井然有序。

“啊呀，专好大人，许久不见了，上次见面是北野大茶会吧。”

“前田大人也康健无恙，太好了。”

专好心想，利家瘦了许多，而且变得苍老，这恐怕是被秀吉旁若无人的做法所牵连，身心俱疲了吧。

与专好见面，利家不知有多高兴，说了很多以前的回忆，都忘了时间；还谈了茶道和插花不知帮了自己几回，利休与专好不知带给自己多少感动等等。他比比画画，说得十分热心，而专好也怀念起从前，听着利家的话边笑边落泪。这些都是利休还在世时的回忆。话说到最后，沉寂了下来。

这次来，不是为了述说从前的……

专好向利家直率地问道：

“前田大人，您知道太阁殿下对和六角堂有关的人做的事吗？”

“专好大人，是怎么回事？”

“被控在北野大茶会时愚弄太阁殿下的姑娘，都被处以磔刑。看顾六角堂的弟子十一屋吉右卫门也被杀了。”

但专好没有说出被石田三成威胁的事。

“是这样啊……”

听专好说了一回，利家低下了头，代表武家赔罪。

“太阁殿下失去了嫡子鹤松公子，万分悲伤。想想，那是五十三岁才得来的孩子啊。鹤松公子逝世时，秀吉大人听到的传闻是‘利休的诅咒’。利休切腹后仅仅半年，自己的孩子居然就死了，他想归咎于谁也是可以想象的，所以就将刀口朝向了和利休多少有缘的人。事情便是如此。”

“没有道理，也应有个极限！”

专好大喝一声。

“专好大人，太阁殿下如同蛇般难缠，一旦激起他的怒气，就很难收拾。利休大人当时也是这样。他想支配所有的事物，就像用武力夺取天下一般，也想以他的美征服天下，但利休大人却完全不认同他的美。利休大人若能道歉，一定能获得原谅，没有理由一定要死。”

“利休大人说了，追求的美不同，没有问题，但太阁殿下强行要人遵从自己的美，就是傲慢。”

利家用力地点了点头。

“但已没有人可以向太阁殿下谏言了。利休大人、殿下的弟弟秀长大人，都不在了。虽须有人谏上逆耳的忠言，不过向现今的殿下进言太危险。”

专好一直盯着利家的脸，突然说道：

“前田大人，我有一事相求。能否请您安排我与太阁殿下见面？”

“什么？”

专好突如其来的要求让利家吓了一跳。专好定定地直视着利家的眼睛。利家是在无数修罗场中存活下来的猛将，在生死场中看过许多人。而现在眼前专好的眼神，是狠下决心的人才有的。

“这是为什么？”

利家严厉地问道。

专好虽想回答，是要报一箭之仇，但没有说出来。

“现在太阁殿下不可能见您，就算您是插花的名家，也不是可以见太阁殿下的身份。”

“这我知道，一介僧侣不可能拜见太阁，但是这冤情……”

“不过……”利家插话道，像决定了什么一样将身子探向前，说道，“当殿下造访前田家之际，您可否在我家引以为豪的四间[①]大的客厅板间插花呢？如此一来，您或许有机会见到殿下。如何？”

“当真可以吗？”

专好心中一喜。

“嗯嗯。”

利家闭起眼，点点头。

“如此真是太感谢了。这是独一无二的好机会。谢谢您。”

“但是……”

利家低声说道：

“专好大人，您应该明白，现在您若出现在太阁殿下面前，是非常危险的。惹太阁殿下不高兴，连命都保不住。就算没有惹殿下生气，也可能会被刁难斥责。”

专好点点头。

“北野大茶会以来，太阁殿下也许认为您与利休大人是同

---

① 日本长度单位，1间为6尺，约1.818米。

一派，殿下对‘利休的诅咒’有相当的警惕之心。当天您若惹怒殿下，我也救不了您，您要有所觉悟。”

“是的，感谢您有此顾虑。”专好答道。

“既然如此，专好大人，便交给我前田利家办吧。下次殿下造访或许在秋季。不到当天我是不会和太阁殿下说的。日期改日告知。”

专好离开前田利家的宅邸时，四周已暗，下起了雨。走到大路上，平太已拿着雨具等在那儿了。

第十六章

文禄三年（1594）二月，这年冬天特别寒冷，大雪覆盖了整个京都。

专好在本堂插花。

插的是梅花的立花。淡淡的梅香飘散在堂中，寒风里绽放的梅花带来了春天渐渐接近的消息。

自年底拜访前田宅邸以来，专好的心情一直十分纠结。

不能再让爱护六角堂的人受伤害了。

他心中浮现阿季与吉右卫门的脸。

但怎么也无法向秀吉低头……

他想起利休在道场插花的身影。利休死于秀吉的压迫，过世已满三年，而自己什么错事也没做，如何能向秀吉低头？

秀吉看到我的那一瞬间会如何？立刻杀了我？还是找一个理由置我于死地？无论如何，我是非死不可吗……

若不杀了秀吉，枉死的冤魂难以散去。但斩杀太阁，不只是自己，阿民、丰重和樱子都会被处刑。

丰重在专好身边。

丰重在十一屋吉右卫门死后，有好一阵子没有插花了，不，是没办法插花。专好教导他，花是反映人心的镜子，心可以让花充满生命，也可以让花失去色彩。对丰重来说，阿季与吉右卫门相继的死是很大的冲击。

丰重今天是来帮专好的。

“丰重，不冷吗？”

“我没关系，父亲您呢？”

专好边收拾着剪落的梅枝，边说道：

“啊，不冷。”

当“真”的梅枝立好之后，专好又说：

“丰重，接下来你来插。”

“啊？接下来，在这儿？”

“是，你没有在本堂插过花吧，我会帮你的，试试看。”

在本堂插花是丰重的梦想与憧憬。

“可以吗？”

“当然，住持说可以就可以。”

“父亲，我来试试。”

丰重转向本尊祈求着：

“吉右卫门先生、阿季，为你们供上花。”

从这天起，每天早上本堂的花就由专好和丰重两人来插。专好仔仔细细地教着丰重，而丰重也不断地吸收专好的技术，将其变成自己的知识。

樱子跟在专好后面。她喜欢用大人的语调逗大人笑，又总是追着专好要他陪着玩。专好也尽可能陪着她。

专好每每想起这样的日子不长了，总是红了眼眶。为了遮掩泪光，他抱起樱子。

对不起，樱子，爹怎么也无法原谅秀吉。

“我已经不是小孩子了。”

樱子闹着说道。专好看着，越发觉得女儿可怜。

这天专好到了专武的房间。专武从年初就得了风寒，一直歇着。

“兄长，都没法帮上您的忙，真是对不起。”

“别这样说，早点病好，你还要练习插花呢。”

“您总爱调侃我。”

看着消瘦的专武，专好心有不忍。

“话说回来，兄长，最近发生什么了吗？”

专武不经意地一问，专好顿时慌了起来。

“没，没什么特别的事。”

“那就好。”

专武觉得近来的专好有些奇怪。专武可以敏锐地察觉到人的内心，小时候专好如果有什么事隐瞒，第一个发觉的一定是他。

专好步出房间，擦了擦冷汗，想着：

专武啊，快些好起来，我没有时间了，需要你来帮我。

第十七章

樱花开了，京都弥漫着欢喜与希望的气氛，这是专好最喜欢的时节。

今年赏花对专好来说分外不同。

因为这恐怕是在世上最后一次赏樱了。

专好带着家人到醍醐寺和贺茂川赏樱。

他心想，这真是个好季节。贺茂川的堤防上有成排漂亮的樱树，河畔的原野开满了黄色的野花。春天和暖的风吹过水面。这个春天，丰重长高了许多，已经比专好还高了。而樱子虽然还不脱稚气，有时也会显露大人的表情。

专好想起每当出远门，在归途中太累，樱子总是会睡着。当她因为困倦撒起脾气，专好就会背起她，不一会儿，耳边便传来静静的鼾声。

“真是不好意思呢，一直都让您背着。”

阿民总是道歉。

“啊呀，别担心，我还年轻啊。”

“呵呵呵，竟把您喊老了。”

那些轻轻松松说着话的日子鲜明地浮上心头。专好觉得自己有这样好的家人实在是福气，也暗暗恳请家人原谅自己自作主张。

文禄三年七月，前田利家的信函寄到了。太阁殿下已决定在九月二十六日莅临前田宅邸。专好关在房里，把信读过一回又一回。

“终于到了……利休大人，终于到了啊。”

脑海中已有了花的构想，也有了这是自己最后之作的觉悟，而插作此花之事也许会传至后世。因为是最后的作品，专好想挑战过去没有插过的大砂物[1]立花。为了充实这四间大的长方形空间，他向铸造店订了巨大的龟甲型砂钵，要用此钵来插立砂物。

“一定要插出精彩的花，让秀吉大吃一惊。”

---

① 在水盘中铺满沙砾之后创作的立花为“砂物”，属于立花的一种表现形式。

这天夜里，专好让丰重第二天和他一起去收集花材。

“丰重，明天和我一起出门，已和你娘说过了，今天早点睡吧。”

这是第一次带着丰重到东山。

他们日出前离开六角堂。专好经常到京都东边的东山连峰搜集花材。两人顺着六角小路往东走，丰重心中十分雀跃。

黑云低低地笼罩天空，不知何时会下起雨。途中出了三条小路，越过三条大桥再往东走，东山蓊郁的森林出现在眼前。

路上，专好对丰重说了许多关于植物的事，例如羊齿的生长、银杏因含有水分不易燃烧、竹根坚韧耐震……为了让丰重容易理解，专好打了许多比方，也掺杂了许多以前母亲带着自己出门时的故事，说得十分起劲。

两人到了东山山顶，京都一览无遗。丰重精神奕奕地大声喊道“哦——哦——娘——叔叔——樱子——”，用力地挥着手。

专好眼眶泛泪，后悔为什么不早些带着丰重到山里川边，心痛不已。

“好，丰重，我们来吃中饭吧。”

专好将阿民准备的饭团递给丰重。两人便吃了起来。

“父亲，真好吃啊。”

“是啊，你娘的饭团最美味了。”

当太阳将要西落时，两人回到了六角小路。

专好问丰重：“累了吗？”

丰重答道：“一点也不累，但是……”

他说到此处，暂时沉默了一会儿，又说：

“父亲，能问您一个问题吗？”

“什么问题？”

“您要在前田利家宅邸插迎接太阁的花，是真的吗？”

专好感到心头一热。

“你听谁说的？”

“……”

“不回答，那一定是专武。”

“是……”

专好昨晚只和专武提起了这件事。

“父亲，真的没有问题吗……您不会遭遇不测吧？”

专好知道丰重为什么一直擦汗了。丰重也到了羞于在父亲面前流泪的年纪。

专好也擦着流下的汗水与泪水。

“丰重，我会在前田的客厅插花。就算太阁殿下来，我也一定要去。我会把最好最美的花给太阁殿下看个仔细。”

“话虽如此，父亲，这很危险。”

“丰重啊，我不会输的。就像利休大人一样，这是池坊专好一世一代的胜负。生为男子汉，这是无法逃避的。”

丰重不禁流下泪来。

“父亲，您不能死。”

“不必担心，我一定会活着回来的。但是不要和你娘还有樱子说这件事，我不想让她们担心。这是男人之间的约定。知道吗？”

“是。”

“丰重，我还真想再吃吃饭团哪。”

专好想改变气氛，便这样说道。

回到寺里，阿民已准备好晚饭，都是丰重最喜欢的菜。两人走了一天的路都饿了，专好吃了两碗饭，而丰重则吃了三碗。阿民不禁笑容满面。

饭后，专好从走廊出了庭院，阴云密布的天空已放晴，大大的月亮高挂着。专好深深吸了口气，走了一天也累了一天，身子感到沉重，突然想起自己已经不年轻了。

“您要不要来一杯呢？”

阿民端着小托盘，托盘上放着酒瓶和两个小杯，在廊上坐了下来。她的脸色看起来和平时不同，有些忧心。

专好在阿民身边坐下。阿民将酒杯倒满，专好也为阿民倒了一杯。

“好久没这样两个人一起喝酒了，上一次是什么时候呢？”

“啊呀，是丰重三岁的时候，吃了抚子花，惹得利休大人大笑的那次呀。”

专好和利休在练习插花，丰重弄混了食物和花，错吃了抚子花。之后，阿民哄丰重睡着后，刚好练习也结束了，当她把酒食拿进屋时，因为利休劝了酒，便一起喝了起来。

“阿民夫人也来一杯吧。”

“啊呀，不敢不敢。”阿民说道。

“今天丰重真让我笑得肚子疼，这是谢礼。请您别客气。”

阿民看了看专好，专好点了点头。

“那么就承您美意，托丰重的福，就此领受一杯。”

阿民说道。利休想起刚才丰重的脸，又大笑起来。

从那以后，就没有再喝过酒了。专好被一件又一件事掳走了心思，以致没有顾虑到一直默默支持自己的阿民。他后悔没有多留一些时间陪她。

专好忧愁地看着阿民，阿民问道：

“怎么满脸愁容？”

“是吗？”

专好硬撑着笑了笑，但他知道笑得一点也不自然。阿民深深吸了口气，下定决心说道：

“请您照着您的意思去吧。请不要后悔。我是池坊专好的妻子，丰重和樱子也会好好的，我真的很幸福。”

专好站了起来，抬头望月，却眼前一片模糊，泪水落了下来。他肩头微震，阿民也站起来，依偎着专好的背。

“对不起。”

专好对阿民说道。

“是是，池坊专好大人。”

阿民忍着泪，逗着趣说。

第十八章

文禄三年九月二十一日。春天过去，夏季也结束了，不知不觉已到了九月下旬。离太阁莅临前田宅邸之日只剩五天。专好忙着最终的准备，六角堂被比平时更多的热气所包围。

明天一早就要将工具和花材运到前田宅邸，之后也预定要住在那里。

也许没有办法再回到这儿了……

专好在黎明前起身，仔仔细细地打扫着本堂。

从祖先那里继承来的花之家，我究竟尽职了吗？

专好在打扫时只想着这件事。

早上的清扫结束，他面向本尊双手合十，比平常更静默诚心。此时，专武进来坐在专好身边。

专武的身体近日好多了。

小时候不论到哪儿，都是身为兄长的专好背着专武。他们年纪差了七岁，因为专武体形细瘦，所以看起来就像上了岁数的老人一样。专好十分不舍这个病弱的弟弟。若说到插花的才能，专武并不输给专好，在观察自然花木的能力、感受力，以及处理草木的技术等方面，专好有时还不及他。

想起自己接下来要做的事，也许会给专武带来严重的后果，专好觉得十分愧疚。

看来花的准备是赶上时间了……

这天，专武在作品完成前说到了前田宅邸的事。

“兄长，五天以后便到时间了，请让我也一起去吧。”

“不，专武你不用去。”

专好没有看他，而将目光集中在作品上，继续工作。

“为什么？我想帮您，请带我一起去吧。”

专武坚持道。目前为止，兄弟两人都在一起插花，这次也希望一起完成工作，这是专武的本意。

“你身体弱，一有什么事就糟糕了。你若替我着想，就静养身体，不必担心我。”

专好非常了解专武的心情，所以和平时一样，不，比平时更开朗地说道。

听到这里，专武觉得不对，“因为会有糟糕又伤脑筋的事，所以要留下静养”，但是到今天为止，还没有听过专好以身体状况为由拒绝与他同行。专好一直都说，自己的身体自己最清楚，可以自行判断要不要跟着。

专武有不好的预感。若是自己跟去，会让专好伤脑筋，此行莫非不妙？

“兄长，莫不是……”

用完中饭，专好出门去搜集花材，带着平时负责找花材的平太。

顺着平时的路径向东山出发，一路上两人没说什么话。

在收集完花材返回六角堂的途中，专好开口道：

“平太啊，明天你跟我到前田宅邸吧。我想最后和平太两人一起完成作品。”

“专好大人的交代，我当然乐于从命，到哪儿都没有问题。”

平太擦着汗说道。

“有可能回不来……这样也好吗？”

专好在他的耳边低声说道。

“我已是天涯孤苦之身，没有人在等我，我已经有了陪着专好大人到最后一刻的觉悟。”

平太睁大圆圆的眼睛，微笑着说道。

“是吗，真是对不起。”

专好小声地道歉。

傍晚回到六角堂，阿民像平常一样准备了晚饭，专好少见地对阿民说自己准备了酒。

晚饭桌上，专武、丰重、樱子、阿民都坐定了。

“好，大家开动吧。”

丰重马上吃了第二碗饭。专好向专武、阿民劝酒。

“您今天有些奇怪啊。”

阿民笑道。热闹的晚饭结束，阿民和两个孩子回到房间，庭中传来虫声，仿佛在告知秋日已至。

专好在道场对前田宅邸的作品做最终确认时，专武走近说道：“兄长，能和您谈一谈吗？”

专武在吃晚饭时都没怎么笑，专好也注意到了。

“兄长，您不会在想什么不好的事吧？”

专武一改平时的语气，尖锐地问道。专好默默地继续工作，将工具收进工具箱。花剪旁放着大斧头，不知道的人见了，会认为斧头是插立大砂物必需的工具，不过这斧头的大小是普通插花不会用到的，这个尺寸的斧头足以夺人性命。

专好盖上工具箱的盖子，看向专武。

“不愧是专武，真瞒不过你。”

专好说着，从袖袋中取出一封信，放在专武面前。

“兄长，这是什么？”

专武问道。

“绝缘书。”

专好尽可能冷静地答道。

“我已有五日后在前田宅邸杀死太阁秀吉的决心，但不能给你、家人和池坊家带来灾厄，所以今天我决定与池坊断绝关系，成为完全没有关系的旁人。你要理解我的用意啊，专武。”

专好的眼神不是在说笑。专武慢慢打开书信，看了一遍绝缘书的内容。此时，专好转身背向专武，打开拉门眺望六角堂。这天刚好是满月，月亮在六角堂上空静静散发光辉。

“池坊由专武继承。”

书信中如此写道。专好考虑到阿民、丰重、樱子或许也无法活命，因为受牵连的家族是会被斩首的。

“兄长，您在想什么呢？这样可怕的事，您不要去。”

专武说到这里便激烈地咳了起来，无法站住，倒了下去。但他还是拼死撑着身体，全身抖得厉害。

“专武啊，因为病弱长期卧床的你是池坊的包袱，我已在给前田大人的信函中如此记上。事毕之后，书信会被送出，你便能得救。那是什么时候呢？应该是二十岁在道场上专义师傅的课的时候吧，我说过你会成为插花的名人，需要专武之力的时候一定会到来。”

“……”

专武无言以对。

“时候已经到了，就是现在。你要继承池坊之名，将‘花之道’传于后世。本堂的佛像旁边放着从叔父那里继承来的《专应口传》。拜托了，专武。池坊就托付给你了。”

专好泪水盈眶，专武也当场痛哭失声。

“利休大人，事情会变成这个样子，您都已经知道了。”

专武调整呼吸，小声喃喃自语，又对专好说道：

“兄长的心情我非常明白，您心意已决，我也没有办法阻止您。我要将利休大人托付的东西交给您。”

“利休大人托付的东西！专武，你在说什么？”

专好完全不明白是怎么回事，利休应该已不在人世了。专武拖着身子到了本堂，从本尊旁的小桌中取出一封信，信上写着“致专好大人”。这的确是利休的笔迹。

专武也不知信中的内容，利休将此信寄给专武时，附上一文写道，“倘若专好大人因为我的事有任何烦恼，请将此信交给他；若无任何异状，则无须交托”。专武一直将信放在本堂中。

专武一个人出了本堂。专好在花前坐下，静静摊开书信。

“利休大人……”

专好忍着不哭出声。他想起了利休的笑脸，那宽容而具有魅力的笑脸——

满月的光辉照着六角堂，曳地的青葱的六角柳随着秋风飘摇。

第十九章

文禄三年九月二十二日。

东山的棱线在淡淡晨光中浮现，身材壮硕的平太在本堂前合掌，等着专好。平太知道专好接下来的打算，还有自己为何被专好选上的理由。昨天他已去扫了母亲的墓。

也许再也回不来了……

平太决定将自己的命运交给专好。从小专好就将自己当成家人，想报恩也只有现在了。

专好像平常一样出现在寺中，如同今日早上爽朗的天气，他的表情十分舒畅，手提着工具箱。

他微笑着和送行的阿民、丰重说话，不巧樱子还在睡觉，专好便道“别叫醒她”。

“那么我走了。丰重，别让娘伤脑筋。”

专好拍了拍儿子健硕的肩膀。

丰重直视着父亲的眼睛，说道：

“我知道，父亲。向我保证，您一定要回来。”

“您……”

阿民唤道。

专好沉默地深深点了头，看向阿民。阿民强忍着不让泪水掉下来。专好向阿民说了声“拜托了”，便和平太以及六名弟子、搬行李的人一同出了山门。

穿过山门时，专好看了眼道场的方向，专武没有出来送行。专好在心中默念着“抱歉”，便出了门。

专武虽说因身体不适不能送行，但实际上却并非如此。他害怕看见专好，会显露自己的感情，对阿民和丰重说出专好这场“与秀吉的赌命之战”。专武从房间拉门的缝隙里目送着一行人，为专好送行。

“兄长，兄长……”

他毫无顾忌地放声大哭。

“啊啊，利休大人，您的信没能阻止兄长啊。”

专武向蓝天合掌，埋怨道。

以专好为首的一行人过了中午，抵达前田府邸，这时前田利家外出不在府中。

专好马上与弟子们在前田大客厅的大书院“三之间”开始准备。

客厅的板间为四间宽（七点二米）。在许多武家宅邸中插过花的专好，也是第一次在这样宽阔的地方插花，其规模无以匹敌。专好的目标是在三天以内完成。

第二天，专好将目前为止从未见过的庞大砂钵搬进客厅的板间。这铜制的大砂物花器是宽达六尺的特制品，弟子六人使尽全力才将这庞然大物扛起。专好想象着完成之后的作品大小，指示花器摆放的位置。

“好，就放在这里。”

为了不弄脏榻榻米，客厅中铺上了新的垫子和毯子，垫毯上放着几天前从东山收集到的草木。大松枝、龙柏、柾木、野春菊、鸣子百合、杜鹃、羊齿草等花木皆已备齐。

最初先立上松枝。这重要的一枝称为“真”，古称“心”，凭此一枝便能决定作品的好坏。

锯下的枝条在普通人看来只是尺寸巨大，但专好将其中选出的一枝高举，精简不要的小枝，精彩地呈现出枝条的美丽姿态。好似魔法一般，在杂然中交织出了美妙的意趣。

既是这样规模的花，一两人是无法完成的。为了让专好看清楚枝条，弟子四人合力将第一枝松抬起。松枝长达十六尺，最粗的枝干直径约一尺半，十分巨大。专好指示弟子们转着松枝，观察各种角度，这是为了找到从正面看可以呈现出松枝最佳姿态的位置。若是平常的大小，专好可以自己拿起来观察，但这样大的枝干，一个人的确无法做到。弟子们汗流浃背地转着松枝。

“再右边一点，枝梢再往上一些，再往上。不对，反过来试试。再高一点。根部再低些。”

当松枝调到一个位置时，专好叫道：

“好，就是这个位置，开始固定吧。”

弟子们取出人型工具，首先制作好支撑松枝的基座，接着将插在花器中的“干足”削尖，并用钉子和锔钉固定。

十六尺长的松枝，枝梢上松叶茂盛。松青长年不绝，自古日本人就相信神灵会降临在松树上，所以十分重视，将各种心思与冀望寄托在松枝上，插立成花。

固定最大的松枝便整整花了一天。这天的作业就先进行到这里，剩下的接着在明天，即二十四日继续完成。到了隔天一早，便开始着手插立第二枝松。处理大的松枝虽然需要特别的技术，但弟子们都是从前代专荣时代开始就跟着的徒弟，所以能顺利完成。松枝插立之后，就要加上季节的花卉，也准备了紫色的燕子花。秋天的燕子花弯度虽大，但姿态很有味道。

专好忆起初次见到利休时的清洲城立花，其中也有松枝和同样鲜嫩有生命力的紫色菖蒲，并且获得了信长大人的夸赞。专好在燕子花中见到了岁月的流逝与自我的成长。

那时，被利休大人看穿了我心中所想……

专好僵硬的表情中浮出一丝微笑。

看见师傅的笑容，平太与弟子们感到高兴，气力也恢复了。

“专好大人，什么事这样高兴？”

平常不太说话的平太问道。

“我到今天为止虽插了很多花，最后的花竟也是这样的搭配，都是命运哪。”

专好再次收起表情，说道。

终于迎来最终一日。作品最后只要加上小花就完成了。

专好集合弟子们，说道：

“谢谢大家追随我到了这里，这次到这里就行了，整理一下不要的工具，你们回六角堂吧，运用所学为师授徒。还有，如果可以的话，希望你们也能看顾专武和丰重。”

弟子们到目前为止并没有听闻什么，也不曾过问，却隐约注意到专好似乎带着什么决心来前田宅邸插花。他们都想着，这莫不是师傅最后的花，而跟着专好到了这里。弟子中数一数二的猪饲三左卫门来到专好面前。

“专好师傅，我们不能帮您到最后吗？请让我们帮到最后吧。”

猪饲的眼中落下大滴的眼泪，在场其他弟子的心情也一样。他们知道师傅想做的事攸关性命，正因如此，才想和专好一起留到最后。

“三左卫门哪，谢谢你。但你们有传承池坊立花的使命，不能和我一起留下。倘若你们为我着想，就回到六角堂吧。”

专好和平常一样，用温柔的语气指示着弟子们。弟子们只好收拾行李，离开前田府邸。

在府邸正门，三左卫门回过头，喃喃说道：

“师傅，请您一定要平安哪。”

“平太，我们来完成吧。”

专好下定决心般说道，便开始了最后的程序。

在花器口加上多彩的花叶。插立立花时，底部的收拾与“真”同样重要，倘若底部处理不当，不论“真”多么漂亮，整个作品也要大打折扣。所以专好特别注意这个部分。

开始作业之后，已经超过了十个小时。

日落后，庭中燃起篝火，勉强可以借得一些光线。因为专好希望在明早之前有更多时间插花，才向前田家提出燃火的请求。

在专好与平太赶工之际，前田利家来到了大客厅。

“专好大人，真难为您操劳到这样晚。啊呀，真是精彩，我从没看过这样的客厅装饰之花，真不愧是专好大人。恐怕连太阁殿下也要大吃一惊啊。”

利家十分满足地站在作品前。怕是没有比这砂物更适合插在让他引以为豪的大客厅板间的了。而利家自己也曾喜好夸张华丽，所以看着此花，不禁热血沸腾起来。不过他有一点很在意，那就是专好说想见秀吉时的“决绝的眼神”。

“前田大人，这次感谢您让我担此大任，能让太阁殿下观赏我的花，委实光荣至极。”

专好淡淡地对利家说道。

“话说回来，专好大人，您的弟子们到哪儿去了？是出什么事了吗？”

利家在试探专好。

“刚才让他们都回去了，我已将他们逐出师门。”

“逐出师门，这是为了什么？”

“那些人竟批评为师我的花，这可是要让太阁殿下观赏的特别之花，我无法忍受他们挑刺的话，所以便将他们逐出师门。这都是我门中的事情，请您忘了吧。”

他是存心寻死吗……所以才将弟子逐出师门……

利家知道专好已下了决心。

“那么大人，我们还有最后的工作要做，您请吧。”

专好说道，便回头望着花，表情严肃，从桶中拿起了野春菊。

利家虽没有对任何人说起自己是否悲伤，但到现在，他还是觉得利休死得冤屈。为何利休一定非死不可？利家感到专好要继承利休以死守护的“美的世界”。然而以当今的太阁秀吉为对手，谁可以报得了仇呢？

太阁已经把一切都掌握在自己手中，独裁的行径越发严重，已无人能向他谏言。但这位天才般的花人抛弃所有的名誉地位，也要报利休的仇。

利休与专好，这两位天才改变了自己征战度日的人生，但对专好的企图，是应该阻止，还是睁一只眼闭一只眼呢？利家迷惑了。

专好发觉了利家的迷惑，拿起过季却依然绽放的野春菊，剪去叶片后，手便停了下来。他将野春菊递给了利家。

“前田大人，从前顺德上皇败于承久之变而被流放佐渡，据说他只要看到这花，便可忘了都城，所以这花也被叫作忘都花。但是我看了这花也忘不了怀念的时光。我不会给您添麻烦的，请您通融一下，闭只眼吧。同样身为追求美的人，绝对无法原谅太阁殿下的所作所为。”

利家知道利休在茶会上喜欢用野春菊，看着这一朵可爱的野春菊，心中涌现出对利休冤屈之死的感叹。

专好边整理另一朵野春菊的叶子，边在利家耳边小声说道：“我是僧人，不喜血腥，所以您的通融并不会被责备。请您安心。”

此人竟能读出自己的内心。利家忆起了北野大茶会，那时亲眼见到了时代变迁的瞬间，那一瞬间仿佛述说着战乱之世的终结。

利休的茶和专好的立花，都有着在各自的道路上集大成者共有的心性，那就是为此道赌上性命。此时的专好将迎来对利休的友情，以及自身花道的集大成之时。

“我知道了，专好大人。之后的事交给我。您放心做吧。”

利家转身告诉家臣：

“听好了，不可阻扰专好大人，这是我前田利家的命令。”

这两个人改变了自己的人生，利家觉得这是对他们的报恩，也是现在自己应该扮演的角色。

茶之道、花之道，不论是太阁秀吉还是任何人，都不可以用脚践踏这精彩之美的初创期，所谓的“道”也不会因为权力而裹足不前。利家想着，倘若自己在此道的草创之期有所尽力，也会被后世所敬吧。

“不胜感激，前田大人。这是我池坊专好一世一代的大战哪。”

专好温柔地笑了。

第二十章

文禄三年九月二十六日。天空密布着阴云，东山的上空不时听到低沉的雷声，好似有巨龙将翻云而下。

家臣们打开了前田府邸的正门，木头与金属摩擦地面，发出吱吱声。

“丰臣秀吉太阁殿下驾到！”

一瞬间，宅邸内弥漫着紧张的气氛。

秀吉穿着红色绣金的外衣，阔步走进前田府邸。

“欢迎您莅临，请入内。”

前田利家在玄关迎接。

“好久没来啦，辛苦了。”

秀吉的心情非常不错。

秀吉进入宅邸的同时，屋外开始下起了大雨。他在宅邸中四处看看，便进了走廊。

“真是不错的宅子。”

他仿佛跳跃一般进了里边的大客厅。

终于……专好大人……

利家虽是身经百战的强者，也不免心跳加速。

秀吉站在大客厅前，大雨夹杂着冰雹，激烈的雷鸣划破东边的天空。

“太阁殿下驾到。”

入口的拉门开启，秀吉进入客厅。

大客厅里，一座巨大的花，像是要迷惑观者的远近之感一般，静静地坐镇在深处。

“哦哦！”

秀吉睁圆了双眼，站着不动。

“这么巨大！”

蓊郁的长青之松耐着风雪，堂堂地展现着弯曲之姿。秀吉为这巨大的尺寸所震撼，久久不能言语。宽达三间的松枝苍劲美丽，给人超越了数百年的时光，在此栩栩而生的错觉。

“这这……这是极好的花啊。”

秀吉慢慢走向前，而利家怀着自豪的心情走在秀吉身旁。

专好大人，太好了，太阁殿下在夸赞哪。

秀吉与利家一步步接近花，走了约五六步。越接近越被此花的巨大所震慑，仔细一看，花的后方挂着四幅挂轴。

秀吉看了看利家，说道：

“这是什么挂轴？”

他眯起眼再走近五步，想看个清楚，顿时停了下来。

“啊！”

利家不禁失声叫了出来。

挂轴描绘的是在枝头嬉戏的猴子，四幅挂轴上共绘有二十只猴子，配上挂轴前的花，猴子们看起来竟像在枝头跳跃或者悬空嬉戏，这些枝干的位置都是经过计算的。

昨夜却没有看到这些挂轴。

专好大人，您、您……做了什么啊？

利家心中暗暗叫道。

“这是什么……”

秀吉的脸越发涨红，太阳穴上浮出好像要胀破的血管。现在没有人敢叫秀吉“猴子”，倘若有人用了“猴子”二字，即便立刻被斩首也毫不奇怪。

“这些猴子是什么？！啊！是什么？！利家！”

秀吉瞪着利家叫道：

“居然是猴子！切腹，令插此花者切腹！”

利家无法回话，两旁的两家家臣闻言也蠢蠢欲动，已经有人愤而立起膝头。

秀吉弓着背，肩头因怒气而发颤。

他边往前走边从松枝慢慢往下看。对照着苍劲的松，中段的部分有几朵燕子花，曲线柔软的茎枝上绽放着凛然而美丽的紫色花朵。绿与紫的对照着实美妙。秀吉虽气得发抖，却被绿松与紫花的搭配吸引住。

这感觉是……

秀吉带着愤怒的表情，慢慢靠近花朵，

“松配上紫花……松配紫……”

他细细地喃喃念道。

好像曾经在哪儿见过……

秀吉像是想起了什么，顿时站住不动，

“这花莫不是……”

秀吉手中的扇子掉落在地上，膝头一软跪了下来，就这样慢慢爬向花。

他眼中落下一行泪，接着大声号哭起来。

不断落下的冰雹敲响屋顶，大客厅中回荡着秀吉的哭声。他为何放声大哭，周围的人皆不得其解，只有利家明白秀吉落泪的缘由。

秀吉也不擦落下的泪，径自哭了一会儿，之后才调整呼吸，问利家：

“利家啊，插此花者是插清洲城之花的人吗？”

利家用右手的拇指擦去落下的泪，回道：

“是的，是池坊专好。就是那天在清洲城被信长大人称赞为天才的池坊专好。”

“北野大茶会的池坊专好，就是那位插清洲城之花的人吗……”

秀吉再次呜咽，他眼中映出信长生前的身影，仿佛与花重叠了。

“信长大人，是猴子，猴子啊。”

他跪爬到花前，不断喃喃道：

“猴子在这儿啊。”

原本杀气腾腾的两家家臣因为无处发泄，气势一弱，便又坐了下来。

实际上昨天夜里，利家到大客厅时还没有一朵燕子花，看来是今早迅速插上的。这花似乎就是专好在清洲城插的立花。

秀吉与利家当时就在清洲城。那日信长在专好离开之后，在大客厅聚集了主要的家臣，对他们说道：

“诸位听好了，看这花是如此美丽，我从未见过这样有力又纤细精彩的花，着实令人感动。有一天我定会获得天下，终结战乱之世。届时想再请出这位天才池坊。离那日仅差一步，要仰赖诸位了。”

秀吉与利家虽坐在最后一排，但有幸听到信长的话，对两个年轻人来说，那是无限的鼓舞。他们心中想着，要助信长大人获取天下，不论做什么都行，就算赌上这条命。

“诸位，再靠近些，看看这精彩的花。”

信长说道，并命家臣们上前。秀吉在远远的后方，对农民出身的他来说，僭越进到客厅深处让他十分踌躇。信长注意到秀吉的犹豫，便走向他说道：

“猴子，不必顾虑，仔细看，尽心学习茶与花，别被周围的人看轻了。听好了，猴子，擅长打仗没有什么好得意的，胜负是时来之运，但茶与花不同，茶与花就是那人自己，不磨炼内心，也成就不了茶与花。猴子，听懂了吧，要磨砺自身的价值，如此就算打了败仗，做人也不会输。”

秀吉红着脸点了点头。

离开之前，信长又说道：

“猴子，要成为重视茶、花与人心的武将。”

秀吉看到这砂物立花，联想到有松与菖蒲的清洲城之花，便想起了信长的话。

“信长大人……”

利家静静站在秀吉身旁。

这就是池坊专好大人赌上命为利休大人报的仇。

不知利家心中的声音是否传到了秀吉心里，秀吉一下失了力气，当场蹲坐下来。

因为憧憬信长，就算被人嫌弃是猴子或小老百姓，秀吉也比别人多付出一倍的努力，找出属于自己的美，并且为了不被人轻视，更加拼命探究着美的境界。然而，利休却不认同他相信的美。

我也许是想让利休夸赞自己，却一意孤行。利休……

秀吉停止哭泣，慢慢地抬头望着花，用谁都听不见的声音喃喃道：

“池坊专好吗？真是个有心的花人，利休啊，你交到了一位良友。”

秀吉突然回头，高举两手，大声说道：

“利家呀，我好久没有如同今天这般，好像挨了信长大人一顿骂。”

利家没有回话，只是点了点头。

“这场花战，是我输了。向专好这样转达吧。”

接着，秀吉转向花，他默默地望着花，用谁也听不见的声音喃喃道：

“利休……原谅我，利休……”

前田府邸的茶室是利休设计的四叠茶室，到处都有着利休追求的美感。专好就在茶室里，刚才还敲打着屋顶的冰雹也停了。

专好在壁龛中放上利休喜欢的竹制花器，并插上一枝燕子花。这是从前在细川忠兴的茶会上也插过的花，是和大客厅之花正好相反的茶室之花，与豪华绚烂的立花相对照的朴素投入花。

专好带着一个小包。他打开小包，取出了黑乐茶碗。这是宗恩交给专好的利休的遗物。

他将发着黑光的茶碗放在榻榻米上，从袖中取出利休的书信。

信上的日期是切腹的前一天，写于利休在京都的宅邸。写这封书信时，利休无疑已对死亡有了觉悟。

信中开头就十分突兀地绘着猴子的画，猴子的表情好似有些悲伤。这猴子腰间挂着一只葫芦，或许猴子便是秀吉。从秀吉悲伤的表情可以推测，利休感伤于度过关系最好的时期之后，秀吉与自己的命运；他或许也想着，秀吉一定也和自己有相同的心情。

这也许是专好无法知晓的阴郁忧闷之心吧。

猴子画的下面只写了一行字。

茶之战

花之战

吾以茶人而生

君以花人而活

这句话是说，如同利休自始至终都是茶人一般，花人须以花人之姿活到最后。也有不带刀、以花而战的意思。

“利休大人，您看到了吗？我的花之战。”

云缝中射出一道光芒，照耀着京都。柔和的阳光穿过拉门照了进来，黑乐茶碗一瞬间发出了光。这光有如利休温暖的笑容。

今后的时代会剧烈地转变，却不是夸耀武力，而是追求真正的心灵丰足的时代——

图书在版编目（CIP）数据

花战／（日）鬼塚忠著；詹湘茹译．-- 海口：南海出版公司，2023.5
ISBN 978-7-5735-0314-5

Ⅰ．①花…　Ⅱ．①鬼…　②詹…　Ⅲ．①长篇小说－日本－现代　Ⅳ．①I313.45

中国国家版本馆CIP数据核字（2023）第030274号

著作权合同登记号　图字：30-2023-008

花战
〔日〕鬼塚忠 著
詹湘茹 译

出　　版　南海出版公司　(0898)66568511
　　　　　海口市海秀中路51号星华大厦五楼　邮编 570206
发　　行　新经典发行有限公司
　　　　　电话(010)68423599　邮箱 editor@readinglife.com
经　　销　新华书店

责任编辑　翟明明
特邀编辑　贺　静　江起宇　褚方叶
装帧设计　李照祥
封面插画　刘晓颖
内文制作　田小波

印　　刷　山东韵杰文化科技有限公司
开　　本　850毫米×1092毫米　1/32
印　　张　7
字　　数　170千
版　　次　2023年5月第1版
印　　次　2023年5月第1次印刷
书　　号　ISBN 978-7-5735-0314-5
定　　价　69.00元